Les Avrils
Groupe Delcourt
8, rue Léon-Jouhaux
75010 Paris
lesavrils@editions-delcourt.fr

www.lesavrils.fr

La Fille que ma mère imaginait

Isabelle Boissard

Les Avrils

À ma mère, mon père.
À Alice et Juliette.

Cours de muscu

Dans un premier temps
nous apprendrons à
baisser les bras

Inauguration de l'ennui,
Guillaume Siaudeau

Tout le monde a fait comme si c'était un jour merveilleux. Même moi. J'ai soufflé mes bougies dans une haleine vodka-Lucky Strike et ouvert mon cadeau avec émotion et presbytie. J'ai découvert un carnet moleskine à couverture rouge et tranche dorée. J'ai allongé mes bras pour lire la petite carte qui l'accompagnait. J'aurais aussi bien pu me saisir d'une perche à selfie pour déchiffrer *Vous êtes inscrite à l'atelier d'écriture à distance « Dire les choses »*. Sophie a précisé :

– Le carnet a le format des livres de cantiques, avec du papier bible. Et la couleur rouge, c'est pour le contenu profane que tu ne manqueras pas d'y coucher.

Elle n'a rien dit pour la tranche dorée. Quelqu'un a lancé :

– Va falloir tailler tes crayons maintenant !

Et Pierre a chuchoté qu'il m'inscrirait bien à l'atelier « Tailler une pipe ». J'ai souri à tout. Et jaune, au vœu alcoolisé de mon mari.

Samedi 10 août

Chère peau de taupe, puisque c'est ce que *moleskine* veut dire en anglais, je vais me coucher sur toi dix semaines durant. La consigne est de tenir notre journal intime le temps de l'atelier.

*

C'est décidé, j'arrête de fumer.

*

Cherche femme avec libido pour remplacer épouse en congé lassitude. Reconnaissance et gratitude assurées.

Jeudi 22 août

Nous voilà à Taipei depuis une semaine. Apparition des auréoles sous les bras, le jour de l'Assomption. Assomption qui célèbre le transport miraculeux du corps et de l'âme de Marie, une auréole autour de la tête. Comme Marie, je suis montée au ciel, sans connaître la corruption physique qui suit la mort, mais une légère altération de mon jugement, causée par un mélange très réussi Lexomil-vodka. J'ai pendant toute la durée du vol – c'est-à-dire treize heures – béni Pierre pour le voyage en business tout en le maudissant de la destination.

A posteriori et à jeun, je prends la mesure du paradoxe. Pierre est un saint, il est habitué. Assomption vient du latin *assumptio* et signifie « action d'assumer, de prendre en charge ». C'est un signe d'être arrivée ce jour précis. Pourquoi ne pas y croire ?

*

– Putain, la Chine ?

– C'est pas la Chine, c'est une île à l'est de la Chine.

– Putain, une île ?

Voilà comment j'avais appris notre nouveau point de chute. Pierre avait utilisé les mots-clés : Si tu veux, tu peux refuser, c'est une super opportunité pour moi et il y a un lycée français.

J'avais fermé la porte et tapé « Taïwan » sur mon clavier d'ordinateur. J'avais lu : tropique du Cancer, climat entre tropical et subtropical ; première femme présidente de la république de Chine ; Taïwan ou république de Chine ou Formose ou Chinese Taipei. J'avais essayé de comprendre son statut. L'île s'était mangé cinquante ans d'occupation japonaise avant d'être assimilée à la Chine, pour faire simple. Parce que c'était bien compliqué. La Chine continentale et Taïwan étaient dirigés par « des régimes rivaux depuis 1949, après une guerre civile entre communistes (basés à Pékin) et nationalistes (réfugiés dans la capitale taïwanaise Taipei) ».

En gros, la Chine revendiquait Taïwan, mais Taïwan revendiquait sa souveraineté. Taïwan n'était donc pas une ville en Chine comme je le pensais, mais une île de Chine. Tant que la Chine n'utilisait pas la force (deux mille missiles pointés sur l'île rebelle), Taïwan s'engageait à ne pas déclarer l'indépendance, à ne pas changer de nom et à ne pas organiser de référendum pour clarifier le bazar. La Chine isolait Taïwan sur le plan diplomatique. Les seuls pays qui la reconnaissaient officiellement étaient le Paraguay, le Swaziland, le Nicaragua, le Guatemala, le Honduras, le Belize, la république d'Haïti, le Liberia, les îles Marshall, Saint-Christophe-et-Niévès, Sainte-Lucie, les Palaos, les Tuvalu, Nauru et, enfin, le Vatican. Trouvez l'intrus. Indice : seul État riche et/ou européen. En 2018, le Salvador et le Burkina Faso avait lâché Taïwan pour Pékin : « Les pays n'ont pas d'amis, ils n'ont que des intérêts », dixit Céline Yoda, l'ancienne ambassadrice du Burkina Faso à Taïwan.

*

« Fais-le ou ne le fais pas. Il n'y a pas d'essai », dixit maître Yoda.

Moi, je penche vers *ne le fais pas.*

*

J'avais lu aussi : archipel volcanique situé sur la « ceinture de feu du Pacifique », région la plus sismique au monde avec sept plaques tectoniques qui se chevauchent. J'imagine un gang bang, une orgie, une partouze de plaques montées les unes sur les autres. L'île subit également cinq ou six typhons par an en moyenne. Cette vulnérabilité fait craindre aux militants anti-nucléaire un scénario comparable à celui de la catastrophe de Fukushima. Trois centrales nucléaires se trouvent à moins de soixante kilomètres de Taipei. On ne peut pas prédire l'emplacement, l'heure et la magnitude d'un tremblement de terre.

J'avais rouvert la porte.

– Alors, une île, avec des tremblements de terre, des typhons, la peine de mort, et pas reconnue par la France ?

Pourquoi on n'a pas des destinations comme New York ou Singapour, nous ?

– Pour les séismes, la plupart des secousses sont si faibles qu'elles passent inaperçues. Mais dans le cas inverse, le pays est bien préparé. Tout est construit aux normes sismiques. Au lieu de s'écrouler, les bâtiments chancellent.

Il défendait son dossier.

– Merci Haroun Tazieff, c'est super rassurant les bâtiments qui chancellent…

– Et les typhons sont annoncés et ne sont pas dangereux, à moins d'habiter un cabanon. Tu restes chez toi pendant un typhon et basta. Taïwan est une démocratie depuis 1987. La presse est libre et il n'y a pas de prisonniers d'opinion. C'est le seul pays asiatique à avoir légalisé le mariage gay. La France n'a pas officiellement de relations diplomatiques avec Taïwan, mais un Bureau français fait office d'ambassade. Taïwan est un des quatre dragons économiques d'Asie avec Hong Kong, Singapour et la Corée. Le niveau de vie des Taïwanais, c'est celui des Français. Tu sais, mes collègues s'y plaisent beaucoup.

Il avait vraiment bien préparé son dossier. Je m'en foutais de ses collègues. Le problème, c'était que je ne savais pas ce que je voulais. Je voulais tout et son contraire. Partir au bout du monde et habiter un village, mais qui ne serait pas isolé dans la Creuse.

*

Il avait fallu annoncer aux filles la nouvelle destination. Un déracinement de plus. Asséner que c'était super comme expérience. Rappeler que l'important, c'était d'être ensemble. Il avait fallu être rassurant. Pierre savait faire, moi pas trop. Peu importait le pays tant qu'on restait tous les quatre. Ensemble. D'ailleurs, ensemble, c'est toujours le problème au début d'une nouvelle expatriation. Ça vire au confinement. Personne n'a encore créé de liens amicaux. On se retrouve en famille tout le temps. Les ados font la gueule à devoir faire du tourisme avec les parents.

Il avait aussi fallu l'annoncer à nos familles. Prendre des pincettes avec les grands-parents. Et les amis ne viendraient plus pour trois jours.

*

À l'arrivée, Taipei donne le sentiment d'une banlieue qui n'en finit pas. C'est à la fois vert et étouffant d'urbanisme. Des scooters et des taxis jaunes partout. Je me sens observée par mes filles. Je sais que je peux être une mère-boulet. Une mère qui n'arrive plus trop à donner le change. Elles savent que c'est sur leur père qu'elles doivent compter dans cette phase. Je suis aussi ébranlée qu'elles. Je ne suis pas une mère rassurante. Je suis une mère déracinée qui ne parle pas la langue du pays. Une mère qui envoie des signaux contradictoires. Je suis une mère qui a perdu son intuition sociale. Je ne suis pas une mère qui agit, je suis une mère qui réagit.

*

Femme d'expat, si on ne travaille pas, revient à vivre dans un monde de femmes. Quatre-vingt-dix pour cent des conjoints suiveurs sont des femmes. Elles se retrouvent à la sortie de l'école ou au café. Parfois, le nouveau CEO – *chief executive officer* – de Valtapo Engineering débarque (Valtapo expatrie une dizaine de familles). Comment sera sa femme ? Il paraît qu'elle est sympa, mais que lui c'est un gros con. Ou inversement. Ça peut changer la donne au café, ça peut changer l'ambiance.

Le café, c'est toujours le café le plus proche du lycée français. On y croise différents profils de mères. L'intégrée qui a épousé un local et snobe la communauté française. La mère qui travaille et conchie l'expatriée oisive. La novice en deuil de son rôle social. La « dans le moule » qui ne bossait déjà pas avant et pour qui c'est encore mieux de le faire à l'étranger. La rescapée, tellement heureuse de ne plus travailler et de profiter de ses enfants. La soulagée, d'être loin de belle-maman. La reconvertie, généralement en formation coaching. Et la M&M. La Mère & Manager, ma préférée. Poser une question à cette femme, c'est obtenir une réponse de mère ou d'épouse. Elle a rencontré son mari en première année d'école de commerce. Elle a au moins trois enfants. Sa famille, c'est son entreprise. Une multinationale pour la M&M expat. Elle y occupe toutes les fonctions. DRH avec la gestion de carrière des enfants, ça représente un mi-temps. À la tête du CE, elle organise loisirs et dîners où l'on danse sur « Les Démons de minuit ». Elle assure également le développement du réseau, essentiel à la vie de l'entreprise. La M&M adore sa mission de dircom. Le

3 janvier, elle envoie ses bons vœux à la centaine d'amis autour du monde, à qui elle souhaite l'accomplissement de leurs projets. Puis elle raconte son fils aîné à McGill (très prisée des expatriés) et autres performances de la fratrie. Elle raconte son mari qui s'épanouit dans son travail. Enfin, elle se raconte, à la troisième personne : Alix s'investit toujours dans la découverte de Hong Kong et du lycée français avec beaucoup de passion. Pour illustration, des photos de la famille bronzée devant un coucher de soleil sur une plage dorée à l'or fin, sur un voilier blanc comme une colombe ou en tenue de gala.

Voilà ce qu'on se prend comme vitrine à lécher quand on est expat. L'expatriation est un projet qui n'autorise pas le désœuvrement. Le désœuvrement n'est pas permis et encore moins avouable. Le tout n'est pas de réussir, il faut montrer qu'on réussit et en faire une tête de gondole.

*

Par ici, *merci* se prononce *chier chier*. Enfin, ça se miaule surtout.

*

Je regarde la télévision à l'écran démesuré qui fait partie du package de l'appartement meublé de transition. Je zappe sur une infinité de chaînes. Les taïwanaises, hystériques ou mystiques, les chaînes sportives et les chaînes internationales qui zappent le monde. BBC World, CNN, Euronews, Al Jazeera International diffusent des flashes info, des débats, des reportages, de l'info spectacle, des envoyés spéciaux, des interviews, des directs, des rediffusions. Et de la publicité. En continu, vingt-quatre heures sur vingt-quatre, donner à s'inquiéter de la marche de l'humanité et à consommer pour l'oublier. Et puis une chaîne, TV5 Monde, qui rediffuse principalement des émissions francophones. Je regarde des programmes culinaires. Mon curseur d'anéantissement est positionné sur Télématin. Ma vie est une maison de retraite.

Dans la recette du confit d'oie, tout l'art de la transformation de l'anatidé repose sur le travail de la découpe. La partie la plus charnue disposée vers nous, nous entaillons la peau par le centre tout en suivant le bréchet et la carcasse avec le couteau, pour détacher la chair.

C'est un peu pareil pour le confit de soi.

*

Je me sens goéland en exil de sentiments, comme le chantaient David et Jonathan. J'ai promis encore deux ans à Pierre et ensuite on rentre. Deux années importantes pour lui. Nous avons trouvé ce compromis.

*

Il pleut et il fait chaud. Mais surtout il pleut. J'ai pris un bus au hasard. Pour y accéder, on ne double pas, on ne forme pas un troupeau, mais un serpent humain qui patiente. Je regarde par la fenêtre. *Lost in Translation* sur des sièges en skaï. Cette ville alterne petites rues et grandes artères. Les échoppes de guingois et les *malls* luxueux. Les herboristeries chinoises et le salon de thé Barbie. Les tongs et les costumes-cravates. Les sacs Vuitton et les cafards. La climatisation forcenée des centres commerciaux et les ventilateurs des cuisines de rue. Des têtes entières de cochons pendues par les nasaux sous trente degrés et la pointe de la haute technologie.

Le bus double un camion poubelle. En Suède, nous étions habitués à la mélodie du camion de glaces qui faisait sa tournée. Ici, c'est le camion poubelle qui joue de la musique pour annoncer son passage. Dans notre quartier, c'est Beethoven, joué façon Bontempi par Richard Clayderman, qui ouvre le bal : aux premières notes de la *Lettre à Élise*, les gens sortent et s'agglutinent au cul du camion pour y jeter leurs sacs en plastique à rayures, de couleurs variables selon le type de déchets. J'ai commencé le début du trajet en touriste émerveillée et je le termine fatiguée, étrangère à tout.

*

Où es-tu Bob Harris ?

*

Une amie m'a dit que je faisais un peu ma victime. Elle n'a pas dit ça exactement. Mais c'est ça que ça voulait dire.

*

Ce soir, on est allés manger des *xiaolongbao* avec un collègue de Pierre au Din Tai Fung. Une échoppe taïwanaise devenue multinationale aujourd'hui. Les cuisiniers sont visibles derrière une paroi vitrée. Casquette blanche, masque blanc, gants blancs, vapeur blanche, raviolis blancs. Seuls les paniers vapeur apportent une couleur bambou. Une armée d'apiculteurs les prépare, une brigade de fourmis les sert. Les raviolis chinois contiennent farce et bouillon. Le *xiaolongbao* ressemble à un petit testicule chaud, à la peau fine et délicate, pesant exactement vingt et un grammes (cinq grammes de pâte, seize grammes de farce) et dont l'extrémité est pliée dix-huit fois.

*

Le journaliste : Avez-vous un mantra ?

L'artiste plasticienne : Mes parents, fervents catholiques, m'ont élevée dans l'amour de soi et de son prochain. Dans les moments de doute, ils aiment me rappeler la parabole des talents, racontée dans l'Évangile selon Matthieu. Je suis traversée par cette question : Qu'as-tu fait de tes talents ?

Moi : Qu'as-tu fait de tes talons ? Celui d'Achille surtout.

*

Vingt et un grammes, c'est exactement le poids que nous perdons au moment de notre mort. Parce que vingt et un grammes, ce serait exactement le poids de l'âme selon la théorie de MacDougall, datant de 1907.

Vendredi 23 août

Container à quai. Dédouanement OK. Emménagement demain. Donc, comme d'habitude, divorce après-demain. Installée dans le nouvel appartement vide, je fais le compte :

- Un déménagement, tu prends en moyenne un an de rides.
- Un déménagement italien, tu rajoutes six mois, entre le fax, la concierge qui refuse l'utilisation de l'ascenseur le jour J, le camion qui ne passe pas dans la rue, le container trop petit et le suivi de courrier qui n'existe pas.
- Tu prends cher à ta fête de départ, tu prends aussi cher à ta fête d'anniversaire surprise.
- Tu vois Taipei et te prend l'envie de fuir en amazone, mais c'est l'année du cochon et non du cheval.
- Tu attends ton container, tu perds tes cheveux et tu te demandes si, pour compenser, tu ne gagnes pas des poils.
- Tu te prends de pleine face la Toussaint, pour l'humeur, Mardi gras, pour le chocolat (ton meilleur

ami avec internet), et le 8 Mai, pour la capitulation sans condition. D'autres appellent ça l'adaptation.
- Tu prends fatigue à l'idée de défaire ce que tu as fait : les cartons. Eurysthée aurait pu rajouter à la liste des travaux d'Hercule : vie de (vide) femme d'expatrié.
- Un emménagement, il y a des chances que tu te prennes encore une année de cheveux blancs en l'espace d'une semaine. En plus de l'année déjà gagnée grâce au calendrier lunaire chinois.

Définitivement, demain, je compte mon âge en année cochon. Demain, j'aurai neuf ans.

*

Pierre est responsable de tout. Sauf de l'alimentaire. C'est moi qui pars chasser. Tous les jours, je vais faire un tour de quartier ou je m'aventure plus loin, jusqu'au supermarché Carrefour et son rayon de produits français. À chaque fois, c'est une aventure renouvelée. Des paquets de M&M's pendus en brochettes devant des serviettes hygiéniques ou des gâteaux bien crémeux au milieu du rayon viande. Je prends des Granola pour les filles. Les Granola deviennent précieux en expatriation. Je mets dans mon panier beaucoup de paquets de pâtes. On mange beaucoup de pâtes au début d'une expatriation.

À la caisse, comme dans tous les commerces, il faut bien prendre le ticket. C'est obligatoire. Les rouleaux de tickets de caisse sont délivrés par le gouvernement. Chaque ticket possède un numéro composé de huit chiffres. Tous les deux mois, une loterie a lieu avec les numéros de ces tickets. On peut gagner jusqu'à dix millions de dollars taïwanais (environ trois cent mille euros) pour les huit numéros. C'est pour lutter contre le black. Le client devient une sorte de percepteur des impôts, motivé à demander ses tickets de caisse.

*

J'ai craqué. J'ai racheté des cigarettes. Je suis rentrée, porteuse du trésor. Je me suis installée sur la terrasse, encore vide de salon de jardin. Le paquet était neuf. Il brillait, autant que mes yeux. Je l'ai déshabillé de son plastique. Je lui ai retiré sa feuille d'aluminium. Ça criait là-dedans trachéotomie et peut-être même cancer des testicules. J'ai saisi celle qui promettait monts et merveilles. En aspirant la première bouffée de fumée, j'ai fait la conversion dollar taïwanais/euro. Ça coûtait peau de balle ici de se faire un cancer ou une tumeur. Si ça se trouve, le ticket de caisse de mes Lucky me portera chance à la loterie.

*

Cet après-midi, j'ai cherché des informations sur l'auteur qui anime l'atelier d'écriture. Beaucoup de photos de lui sur le net. Il est beau. Il est même trop beau. Je n'en avais jamais entendu parler. Il a pourtant écrit une dizaine de livres. Il a l'air connu. Il a quarante ans. Il semble sûr de lui. Il y a quelques vidéos. Je n'aime pas sa façon de parler. Il est affirmatif. Il est passé à *La Grande*

Librairie. Il s'exprime, confiant, les jambes bien écartées dans son jean bleu. Je ne voyais plus que ça à la fin, son entrejambe. J'avais envie de traverser l'écran pour lui refermer les cuisses. Son sourire révèle de belles dents blanches. Pas mon genre, mais beau.

*

Le taux de divorce des couples expatriés serait supérieur de quarante pour cent au taux de divorce hexagonal. Il paraît que le désœuvrement de la conjointe-suiveuse est un facteur bien connu de l'éclatement des couples. Devant une rediffusion de championnat de natation, je me dis que Pierre et moi sommes donc un couple statistiquement à haut risque. Puis je me demande pourquoi, dans la discipline plongeon, les compétiteurs portent leur slip si bas.

Position brasse coulée.

Samedi 24 août

Notre immeuble moderne dispose d'un local de tri des déchets à chaque étage. Notre appartement, comme tous les appartements de standing ici, est pourvu d'une *maid-room.* La *maid-room*, c'est la chambre, ou plutôt le cagibi, pour la Philippine. Un lavabo et une paillasse. La *maid-room*, inoccupée chez nous, me ramène à ma réalité de migrante privilégiée. Des migrants de luxe, on en est. J'ai le sentiment de voyager dans une malle au cuir monogrammé et résistant. J'ai aussi connu la valise en simili cuir, dont j'ai parfois la nostalgie. *Aujourd'hui, je suis reine, autrefois, j'étais libre*, un truc du genre à la Hugo, ça change. Parce que la Bovary, je n'en peux plus, ta gueule la Bovary.

*

Les déménageurs en chaussettes livrent, portent, déballent et mettent en place dans un ballet foisonnant et chuchotant. Notre appartement ce matin est une ruche besogneuse.

*

Mange, prie, aime. Je ne sais pas pourquoi je pense à ce film pas vu, tiré du roman éponyme pas lu non plus. Une nana décide de tout plaquer pour partir seule à la découverte du monde et d'elle-même. Elle va en Italie manger, en Inde prier et en Indonésie aimer. J'ai passé, dans ma vie d'expatriée, quatre années en Italie. Je veux bien prier en Asie si c'est pour finir avec Javier Bardem sur une feuille de bananier à Bali.

*

Pierre, nos filles et moi sommes dans le grand salon de notre appartement taïwanais. Nous n'en payons pas le loyer exorbitant. C'est la société pour laquelle travaille Pierre qui s'en charge, en contrepartie d'un total dévouement de sa part. Pierre dit que j'ai de la chance, que je peux faire ce que je veux. Tout ce que je veux.

Expatrié : du grec *exo*, « en dehors de », et *patrida*, « le pays ». Wikipédia dit que dans le langage courant, le mot *sert généralement à désigner des professionnels hautement qualifiés s'établissant à l'étranger pour des raisons professionnelles.* Je pense que ma mère alimente Wikipédia.

*

Ma cadette :

– T'as un cil sur une joue, vas-y, fais un vœu !

Le don d'ubiquité, je fais le vœu d'avoir le don d'ubiquité. J'embrasserais Pierre pleine bouche, en lui souhaitant une bonne nuit, pendant que je boirais un Between the Sheets à Zanzibar et baiserais avec Adrien. J'aurais le loisir d'être là, mais ici aussi. Je me ferais la belle, ni vue ni connue.

*

Dire oui à l'expatriation n'est pas un sacrifice. Suivre mon conjoint m'arrange bien. Les bénéfices secondaires sont nombreux. Le plus évident, Pierre dirait le plus criant : je peux lui reprocher d'être ici à cause de lui. Depuis notre première expatriation, Limoges, j'ai abandonné mon travail. Depuis, je n'ai pas retrouvé de fonction. À défaut d'un métier, j'ai un statut, celui de conjoint-suiveur. Depuis, je ne sais plus me définir autrement que comme conjointe-suiveuse. *Conjoint* en écriture inclusive, c'est moins flatteur. Conne jointe.

*

Vivre à l'étranger, c'est gratifiant, ça fait rêver. Celui qui est parti, c'est un peu celui qui a trahi. Faut pas trop se la ramener, on est vite soupçonnés de se vanter. J'avais eu ce sentiment déjà quand j'étais montée travailler à Paris, face à ceux qui n'étaient pas partis. Un expatrié, c'est un équilibriste. Il est difficile de se plaindre, parce que c'est un choix. Un choix fantasmé chez les autres. Certains pensent même qu'on ne paie pas d'impôts.

Vivre à l'étranger, c'est surtout s'adapter. S'adapter demande beaucoup d'énergie. Tout le monde sort de sa zone de confort. C'est aussi un décalage d'énergie. Pierre en redouble et moi j'en perds. Pour lui, qui est à l'initiative des changements, c'est la double peine : il devient responsable de notre expatriation et des finances. En même temps, il démarre un nouveau job. S'il se plante, il plante toute la famille. C'est le condamné. Condamné à réussir. Avec son boulet au pied, moi, dont il se sent responsable.

*

Le journaliste : Vous avez douté par moments ?

L'actrice : Non, j'ai simplement eu besoin d'ailleurs. Je voulais un lieu où tout reconstruire. J'ai dit adieu à mes habitudes et je suis partie à Los Angeles. Ça m'a donné des ailes. J'ai pu redessiner qui j'étais et ce que j'avais envie de faire.

Moi : Non, je n'ai pas eu DES moments de doute. J'ai toujours, tout le temps, sans cesse, des doutes. Je ne suis pas sans doute, je suis cent doutes. Je suis une mère de doutes. Je suis une putain du doute.

Dimanche 25 août

Nous ne reconnaissons aucune sensation visuelle, aucune odeur. La façon de communiquer est différente, aucune ruse possible pour déchiffrer un mot de la langue. Nous interprétons en revanche les regards. On nous sourit avec beaucoup de bienveillance. Les Taïwanais nous trouvent tellement beaux avec nos yeux ronds et notre romantisme. Nous sommes les bons étrangers. La plupart des automatismes ne fonctionnent plus. Notre appartement n'est pas encore notre « chez-nous ». Nous ne savons pas dire notre adresse en mandarin, nous tendons une carte de visite à la place.

*

Ma fille : On mange quoi ce soir ?

Moi : Du caca ou du caca boudin, j'hésite.

Ma fille : Allez maman, c'est bon, j'ai plus cinq ans.

Moi : Alors tu vois, en fait, j'en sais rien de ce qu'on va manger, et même si je n'ai que ça à faire, les courses et les repas et les réunions à la con à l'école, et bien je...

Ma fille : C'est bon, c'est bon, on le connaît ton refrain sur la bobonne.

Elle a quitté la pièce.

*

Cause congé lassitude, cherche bobonne, ou femme de bonne volonté, pour préparer dîner quatre convives. Pâtes et riz s'abstenir. Dessert souhaité, mais pas obligatoire. La prestation pourrait comprendre la participation au dîner. Qualités requises : savoir cuisiner et rester d'humeur égale. Ne pas hurler « À table ! » serait un plus.

*

L'actrice : Avoir quarante-huit ans, finalement, c'est un cadeau.

Moi : Mon cul.

*

Stéphanie a annoncé le décès de son père sur les réseaux sociaux. J'ai survolé les émoticônes présélectionnés. J'avais le choix entre *j'aime j'adore haha waouh triste grrr*. Deux verbes, un adjectif et trois onomatopées. Un pouce levé, un cœur rouge, quatre têtes. J'hésitais. Cinquante-trois personnes avaient réagi en deux heures. Quarante-trois avaient sélectionné le bonhomme avec la larme à l'œil. Deux personnes, le cœur. Une seule avait cliqué sur waouh. Enfin, sept pouces levés.

Alors que j'hésitais entre *j'adore*, symbolisé par un cœur, et la larme à l'œil, mon doigt a glissé sur la tête qui s'esclaffe de rire. J'ai réappuyé dans la seconde pour désactiver l'icône. Sous le choc, j'ai vérifié pendant une demi-heure que la tête qui rit avait bien été enlevée. Je me suis demandé si l'algorithme avait envoyé une notification à Stéphanie. Du coup, j'ai pris le temps de lire les messages des autres. Son mari avait choisi la tête du bonhomme triste. Il lui manifestait le partage de son chagrin par émoji. Surprenant. Beaucoup avaient pris la peine d'écrire un petit mot. Parfois, pour glisser *courage* suivi d'un point d'exclamation. Finalement, je n'ai pas réagi au décès du père de Stéphanie.

T'as eu combien de *like* à la mort de ton père ?

*

J'ai encore regardé des vidéos de l'auteur. Il ne porte pas d'alliance. Son visage est presque féminin, avec des traits réguliers. Trop féminin et trop réguliers. Le genre bronzé toute l'année, à moins que son teint ne lui vienne, lui aussi, de sa mère. Il a une tête de chat siamois avec des cheveux. Habillé d'une toge, il ferait un très très beau gourou. Les femmes feraient la queue pour le sucer et gagner un bout de paradis. Si ça se trouve, c'est un beau connard.

*

Vu que je n'arrivais à rien, j'ai fait une ratatouille. J'ai sorti tous les légumes sur le plan de travail en marbre. Je ne les ai pas lavés. Je ne les lave jamais, pas plus que je ne rince les fruits. Il faut se résigner, on mange de la merde. Si nos fruits et légumes sont farcis de pesticides, ce n'est pas de les passer sous un filet d'eau froide qui va changer quelque chose. D'ailleurs, l'eau, on en parle ? Je n'y attache pas vraiment d'importance. Parfois, je me dis que fumer n'est pas plus nocif qu'autre chose, que l'eau qu'on boit, l'air qu'on respire, les aliments qu'on ingurgite. Si ça se trouve, refumer, ça ne changera pas grand-chose à l'état des choses. Enfin, à l'état de la chose, à savoir mon corps. Mon corps que j'essaie de maintenir en état.

J'aimerais que le corps soit une chose extérieure que l'on puisse déposer devant soi. On pourrait passer son corps à la machine, le faire sécher, le recoudre, et pourquoi pas une fois trop usé, le jeter. Il suffirait alors de s'en acheter un nouveau. Neuf ou bien d'occasion, si on est écolo. Puisque tout le monde semble avoir un complexe, je suis convaincue qu'il y aurait un marché incroyable pour troquer ou vendre son corps. www.leboncorps.com. Moi, par exemple, j'achèterais le corps de Stéphanie. À l'inverse, je me demande bien qui voudrait du mien ? Une personne pauvre ? Une noire qui voudrait la peau hâlée, juste ce qu'il faut, le temps de trouver un appartement à louer par exemple ? Il faudrait aussi pouvoir changer de tête. Bon, on dirait que dans ce monde-là on ne pourrait pas changer son âme, mais tout le reste, oui. On serait des mobylettes.

Lundi 26 août

Jour de rentrée pour tout le monde. Tout le monde, sauf moi. L'appartement est vide. Ce matin, la porte a claqué deux fois. La porte qui claque est le moment que j'attends, une fois réveillée. C'est le signal que je ne suis plus l'épouse, plus la mère. Le signal que je suis seule. Ensuite, je mets la radio. Mon son préféré après celui de la porte. Une radio où ça ne ricane pas, où on ne laisse pas la parole aux auditeurs. Ce matin, j'ai préparé un jus de citron. Une habitude matinale que j'ai depuis deux jours. J'ai d'autres habitudes, fumer, fumer avant le yoga, fumer après le yoga, m'endormir bien après minuit, et le lendemain matin me réveiller citrouille. Ruminer, ne pas hydrater ma peau, tourner zéro fois la langue dans ma bouche avant de parler, regretter, ruminer, oublier, y repenser. Un demi-citron pressé dans une tasse d'eau chaude permet un apport de vitamine C. Ce n'est pas tout, il équilibre surtout mon PH. Le PH, c'est le potentiel hérotique. Non, ça ne marche pas évidemment, c'est H pour *hydrogène*. Ce qui n'a pas plus de sens, en fait. Sauf pour les filles des magazines qui ont l'air de comprendre ce qu'elles font.

Je suis abonnée à un hebdomadaire féminin, que je reçois toujours bien après sa sortie. Ce n'est pas grave, je ne le lis pas. Je regarde les images comme une enfant illettrée, un album. J'exagère légèrement, je lis deux pages : *En compagnie de* et *Les secrets de*. En plus de mon horoscope bien sûr. Compte tenu du délai de réception du magazine, je suis en mesure de confirmer ou d'infirmer les prédictions. Je suis Lion ascendant Scorpion. Les gens qui demandent mon pedigree astral font généralement une grimace d'effroi à cette réponse.

Si l'on combine les deux pages, on a la potion magique pour être heureux et en forme. Il faut certes y consacrer quelques efforts : un jus de citron à jeun, un coach, des graines de chia, une masseuse formidable, de préférence à domicile, un travail qui n'en est pas un tellement c'est une passion, un amoureux fantasque et fantastique, des enfants qui apprennent le violon avec génie et une cantine de quartier tenue par des amis traders qui ont tout lâché pour vivre leur passion poulpe et peinture dans un lieu atypique, cosy et surtout authentique.

Dans le dernier numéro, une spécialiste en smoothies pressés à froid sans gluten ni lactose disait que le mental est notre pire ennemi, parce qu'il fabrique des barrières qui nous limitent. La solution est d'aider l'esprit à les démonter en connectant corps et psyché. À quarante-huit ans, je n'ai toujours pas compris comment démonter les barrières autrement qu'avec de l'alcool.

*

Tina vient tous les jours. Tina ne parle pas français. Elle m'apprend le mandarin en anglais. Apprendre le mandarin en anglais me fatigue. Tina, c'est le prénom anglais qu'elle donne aux étrangers. La langue officielle, depuis la fin de l'occupation japonaise en 1945, c'est le mandarin.

Tina me raconte qu'on est en plein dans le mois des fantômes. Au premier jour du septième mois lunaire, le 1er août cette année, s'est ouverte la porte des Enfers. Alors, les esprits des morts qui n'ont personne pour les honorer reviennent sur terre. Les Taïwanais leur présentent des offrandes afin de les apaiser et de les délivrer. Je me demande si mon fantôme fait partie de ces âmes en peine.

Durant ce mois, beaucoup de cérémonies ont lieu pour envoyer des messages aux proches disparus. Non loin de Taipei, à Ylan, on fait flotter des lanternes de lotus sur le lac. Avec ces fleurs lampions en papier, on demande par exemple à nos ancêtres de nous consoler et de nous apporter la paix intérieure, a-t-elle dit. Attention, ce mois est considéré comme dangereux et porteur de malchance. *Un mois où l'on ne se marie pas, on ne crée pas un commerce, on ne voyage pas et on ne déménage pas.* Ça pourrait être pire, je suis déjà mariée et je n'ai aucune activité commerciale en vue.

*

J'ai attendu avec impatience le retour des filles. Bilan mitigé. Les profs sont sympas, mais il y a très peu d'élèves par classe. Pas beaucoup de Français. La cadette s'est déjà fait une copine. Plus compliqué pour la grande, qui ravale ses larmes. C'est moche. C'est loin. Le décalage, c'est nul. Elle ferme la porte de sa chambre. En Italie, elle était indépendante, elle connaissait la ville par cœur. Elle avait ses activités, stoppées net ici. Tout est à refaire. Il faut retrouver le mode d'emploi de tout. Déménager, c'est un petit deuil.

Notre cadette nous avait avoué un jour que, lors de la première expatriation (elle avait cinq ans), elle avait eu peur d'être le Petit Poucet. Le pays était comme une forêt dans laquelle on les emmenait, elle et sa sœur, pour les abandonner. On aurait pu lui dire que l'expatriation, c'était pas pour les bûcherons. Lors des retours en France, elles ne savaient pas quoi répondre à la question : « Tu viens d'où ? » On dit quoi ? Où on habite en ce moment ou bien où on est nées ?

J'espère qu'on leur donne des racines et des ailes, et pourquoi pas des bottes de sept lieues, piquées à l'ogre du monde.

*

Petite, j'ai tué des mouches, brûlé des scarabées et noyé pas mal d'autres insectes. J'ai joué dans les cours de fermes, eu peur des vaches, vu un veau naître et trouvé ça dégoûtant, donné le biberon à des chevreaux, jeté des graines aux poules, touché des lapereaux malgré l'interdiction parce que alors, la mère les abandonnerait, ramassé des œufs dans le poulailler, dormi dans un lit chauffé par une brique déposée au fond. Mes grands-parents étaient paysans.

*

J'ai enfin reçu la première consigne de l'auteur. J'ai ouvert le mail comme un cadeau. Même si c'est un cadeau communautaire. Une communauté de dix-neuf participants, seize femmes et trois hommes, nous annonce-t-il. Il nous souhaite la bienvenue. Il écrit qu'il est heureux de passer avec nous les dix prochaines semaines. Une consigne par semaine.

Il dit à propos de la spécificité de la distance qu'elle a cet avantage : « Instaurer une relation particulière avec chacun(e) d'entre vous. Bien que sans visage, nos échanges nous amèneront, petit à petit, à véritablement faire connaissance et à créer des liens. »

Je suis suspendue à ses lèvres sans visage. J'ai envie de surligner chaque phrase. Je suce les mots comme des Michoko. Ce mail est une boîte de bonbons. Le caramel est coulant et sucré. Mais l'auteur ne s'arrête pas là, il use d'émulsifiants afin de former un mélange uniforme de substances théoriquement non miscibles (lui, l'auteur, et nous, les élèves) : « Considérant que le choix de notre langue est un véritable sismographe de notre personnalité, je vais apprendre à vous connaître à travers vos textes et notre correspondance, et inversement. »

Enfin, le coup de grâce est porté avec l'annonce finale d'une rencontre « pour de vrai » qui aura lieu à Paris dans un mois. J'ai l'impression d'avoir reçu une lettre d'amour. J'oublie qu'elle est écrite à d'autres. En même temps, je suis déconfite parce que je ne ferai pas les treize heures d'avion qui séparent Taipei de Paris pour une rencontre d'un soir. Taipei la tepu. Quand même, rester sur l'excitation de l'atelier d'écriture Tinder à distance qu'il nous promet.

*

Je me suis mise au travail. Faire notre autoportrait, mille cinq cents signes espaces comprises, à la manière d'Édouard Levé. Comme lui, nous devons produire une série de phrases simples, qui nous décriront le plus précisément possible. Des phrases sans chronologie et sans analyse. Des coq-à-l'âne énoncés avec une distance amusée ou douce-amère. J'ai écrit très vite un premier jet. Parler de moi, je trouve ça plutôt facile. Le fameux confit de soi. L'auteur a précisé que l'exercice interdit toute forme d'auto-complaisance. Ce mot qui me fait penser à autotamponneuse. Je vais garder le texte au chaud. Je ne peux pas l'envoyer aujourd'hui. Ça ferait pitié, ça ferait la fille qui n'a que ça à faire. Je vais attendre, histoire de montrer un certain détachement. Mercredi est un jour qui semble envoyer les bons signaux : ni trop tôt ni trop tard.

*

Nous sommes tous des astronautes déterritorialisés. Je repense à cette phrase de Michel Serres.

Mardi 27 août

Ce matin, les plaques tectoniques m'ont chanté *Je me lève et je te bouscule*. Je n'ai pas compris tout de suite d'où ça venait. La sensation de me réveiller avec un Parkinson. C'était vertigineux. La terre tremblait et Pierre dormait. Sa phrase m'est revenue : « Au lieu de s'écrouler, les bâtiments chancellent. » C'était exactement ça. Je ne sais pas dire combien de temps cela a duré, une dizaine de secondes tout au plus. On sait cloner des brebis, on sait mettre un satellite en orbite, mais on reste incapables de prédire le lieu, l'heure et la magnitude d'un tremblement de terre.

Claude François a laissé Larusso me consoler d'un *Tu oublieras si c'était en avril, en septembre, en juillet, s'il faisait du soleil ou si la pluie tombait, tu oublieras.* Mais je ne suis pas sûre d'oublier mon premier tremblement de terre. C'était en août, il pleuvait et Pierre dormait. Taipei la tepu, Taipei la grosse tepu. Je la hais. J'imagine l'île disparaître, couler sous l'effet d'un séisme. Et moi, disparaître avec elle. Je bute la prochaine personne qui me vante les vertus de sortir de sa zone de confort.

*

Je suis allée prendre l'air. Voir d'autres gens était rassurant. Je ne voulais pas être seule pour vivre les répliques. Oui, parce qu'un séisme est toujours suivi de secousses secondaires. J'entre dans les boutiques au hasard. *Arrivée à vie journalière confortable.* Cette phrase à la syntaxe étrange n'est pas de moi. C'est du *français*, à la taïwanaise, inscrit sur une étiquette au col d'un tee-shirt. Je fais d'autres trouvailles :

- les marques de vêtements pour femme *La féta* et *Épanoui ;*
- *Paris m'aime* sur un carnet ;
- un porte-monnaie sur lequel on lit *VANILLE Sourrire à la vie si elle te tourne son dos ;*
- des tasses *La maison des bois machéri ;*
- la phrase *Un certain jour lorsque c'était fin* sur un cadre photo ;
- *Bonjour Paris La tour Eiffil* sur une vitrine ;
- *Camembert Cheese cake aux duex fromages* dans une pâtisserie ;
- *Le Produit est leaucoup qui est un ensemlle deux pièces* sur une boîte contenant deux chemises ;
- *Femme poosionnée en fête* sur l'étiquette d'un gilet ;
- un chemisier merveilleux dans la boutique *Olive des Olive* et portant l'inscription *MOMENT DE PLAISER.*

*

En rentrant, j'ai croisé Nancy, notre voisine de palier. Elle a un carlin tout noir qu'elle promène en poussette. Le carlin est une race à la mode, il ressemble à un chien trisomique. C'est peut-être pour ça qu'elle l'habille, Bruce. Pour que le regard ne s'attarde pas trop sur ses yeux proéminents ou sur sa truffe courte aux narines tournées vers l'avant. Avec les filles, on joue à faire semblant de le trouver *so cute*. On en fait des caisses. La voisine est aux anges. Je parierais que Nancy n'a pas d'enfants. J'aime les chiens, même moches, même ridiculisés, même trisomiques. Comme j'aime les bébés, j'aime les chiens. Et c'est bien ça que Nancy et tous les autres aiment chez leurs petits chiens : le bébé éternel. Qui ne grandit pas, qui ne trahit pas, qui n'abandonne pas. Aujourd'hui, Bruce porte un tee-shirt blanc avec *I love my mummy* brodé en rouge. *Love* n'est pas écrit, mais symbolisé par un cœur à paillettes. Tout est dit. Les Taïwanais ont de moins en moins d'enfants et de plus en plus d'animaux de compagnie.

Dans notre quartier, il y a un hôtel pour chats. La vitrine laisse voir une sorte de salon avec de la moquette partout. Parfois, un chat s'y ennuie. Il est signalé sur la devanture qu'il est interdit de prendre des photos. C'est marqué en anglais aussi, c'est dire l'interdit ! On trouve plus de magasins pour chiens et chats que pour enfants. On y voit des collections de vêtements, baskets, bavoirs, compléments alimentaires, jeux, couffins, poussettes, landaus, porte-chiots, canapés, fauteuils, gros coussins de princesse brodés avec des fils dorés, et même des poupées. De laisses, quasiment pas. Et puis bien sûr, les salons de beauté pour chiens pullulent. Il semblerait qu'en la matière Taïwan adopte les standards japonais.

Je crois même qu'on peut y faire teindre son chien. C'est sans doute mieux que de le manger. Manger du chien est interdit depuis 2017. Taïwan est le premier pays d'Asie à avoir légiféré sur la consommation de chien et de chat. Contrairement à la Chine continentale où dix mille chiens sont tués chaque année pour la Fête du litchi et de la viande de chien de Yulin. *Ils sont cuisinés, assaisonnés, puis mangés avec des litchis et de l'alcool, durant huit jours. Selon la coutume locale, manger du chien tué au moment du solstice d'été apporterait chance et bonheur.* Heureusement, en France, une pétition CONTRE, soutenue par plusieurs personnalités dont Michel Sardou et Jean-Marie Bigard, a été remise à l'ambassade de Chine. Je ne sais pas si Taïwan a son cimetière pour animaux domestiques comme Asnières. Les formalités y sont identiques à celles d'un cimetière humain : des frais de sépulture et le coût d'une concession. Clément, le chien de Michel Houellebecq, y est enterré. Rintintin aussi. Selon la théorie de MacDougall sur les vingt et un grammes, les chiens n'ont pas d'âme : en effet, ils pèseraient le même poids avant et après la mort.

*

Le mandarin, c'est soixante mille caractères. Mais quelques milliers suffisent pour pouvoir le lire, dit-elle en riant. Tina rit en cachant sa bouche derrière sa main droite. Il paraît que le caractère le plus complexe est composé de trente-six traits : *nàng*, qui signifie « renifler ». D'ailleurs, mes filles sont parfois dégoûtées par les Taïwanais qui reniflent en classe. La prof de français a expliqué à mon aînée qu'il est impoli de se moucher en public et qu'elle doit aller le faire dans le couloir ou, encore mieux, aux toilettes. Le savoir-vivre donc, c'est de renifler.

Les mots chinois sont invariables. Il n'y a pas de genre. Il n'y a pas de conjugaison. Pas d'article défini ou indéfini. Chaque syllabe contient trois composants : l'initiale, la finale et le ton. Si je comprends bien, une syllabe a un sens différent selon le ton. Le mandarin compte quatre tons. Tina me les fait répéter, mais je ne les distingue pas vraiment. Par exemple, elle me fait répéter : *Bā bá bǎ bà, bān bǎn bàn, bī bí bǐ bì, shā shǎ shà, shān shǎn shàn, shī shí shǐ shì*. Une amie orthophoniste m'a raconté que des sonorités jamais entendues avant l'âge de cinq ans ne peuvent quasiment plus être perçues à l'oreille. Pour un des *shi*, il faut étirer les coins de la bouche comme si on voulait toucher ses oreilles et coller sa langue derrière les dents du bas. Quand j'essaie de prononcer ces sonorités impossibles, je crois bien que je ressemble à Bruce. Le carlin, après tout, est une race chinoise. Je crois que j'aimerais être Bruce. Qu'on me nourrisse, qu'on m'habille, qu'on me toilette. Qu'on me fasse visiter la ville en poussette.

Ensuite, on joue à la marchande. Tina me demande combien je veux de *baozi* (des petits pains fourrés à la vapeur). Je réponds *huit*, qui se dit *bā*. Puis elle enchaîne en me proposant une tasse de thé. Je dois ensuite demander combien ça coûte. Mais ce que je préfère, c'est quand Tina raconte qu'il existe quarante-quatre caractères pour dire les montagnes. Vingt-deux pour les lacs et seize pour les mers.

*

Robinson dans son île, privé de tout, et forcé aux plus pénibles travaux pour assurer sa subsistance journalière, supporte la vie, et même goûte, de son aveu, plusieurs moments de bonheur. Supposez qu'il soit dans une île enchantée, pourvue de tout ce qui est agréable à la vie, peut-être le désœuvrement lui eût-il rendu l'existence insupportable.

Sébastien-Roch Nicolas de Chamfort

*

Dans l'après-midi, je suis rentrée dans un *foot massage* du quartier. Ça m'a pris pas mal de temps. De m'en remettre aussi. On a retiré mes chaussures pour les remplacer par des chaussons, taille unique. On m'a apporté un thé pour patienter. Attendre, c'est ma vie. Ensuite, un jeune homme masqué pour l'hygiène m'a indiqué une cabine dans laquelle j'ai compris qu'il me fallait enfiler le short, toujours taille unique, à capucines orange sur fond marron. Passe-Partout est sortie de la cabine avec les tatanes de Carlos, ma classe au placard et mon amour propre... Mais oui, tiens, où es-tu mon amour propre ? Avec mon estime de soi, peut-être ? S'est ensuivi un bain de pieds, une serviette chaude sur les épaules, chaud bouillant même. Je me demandais à quel degré ma peau était en train de brûler quand Zorro a commencé à me masser le haut du dos. Après avoir méthodiquement démonté mes épaules, il a enfin attaqué les pieds. C'était le moment de souffrir.

Ce soir, la nuque endeuillée et les deux pieds en canard, c'est la chenille qui ne redémarre pas. J'ai pris la décision d'arrêter la réflexologie plantaire, qui n'a rien, ici, d'une médecine douce.

*

Taipei-Accueil est aux expatriés ce que la MJC est aux habitants de Vaulx-en-Velin. Taipei-Accueil est une structure associative qui a pour objectif l'accueil et le bien-être des membres de la communauté française. Elle a à cœur de faciliter leur adaptation à un autre environnement et de leur faire profiter des richesses d'une autre culture, sans qu'ils perdent leur identité. Elle est composée de bénévoles. L'état d'esprit se veut bienveillant et ludique. Et pour le prouver, Taipei-Accueil propose des cafés d'accueil, des activités sportives, culturelles, des ateliers créatifs, des fêtes festives, des visites guidées, des cafés de rentrée, des cafés mensuels, des journées famille, des cafés galette des Rois, des soirées tarte à la quiche, des cafés sodomie, des ateliers coaching ma vulve c'est sacré, un club lecture, un atelier d'écriture, des cours de cuisine, etc.

Pierre a payé la cotisation d'adhésion. Il a poussé le vice jusqu'à m'inscrire au café de rentrée. Il est convaincu que ça va me faire du bien de rencontrer d'autres expatriées. Pierre a raison sur un point : la communauté est une bouée essentielle quand on vit à l'étranger. Je me moque, mais je serais paniquée sans elle. Par ailleurs, c'est bien dans la diaspora française que j'ai rencontré certaines de mes meilleures amies.

*

Les superstitions de ma mère :
- faire un vœu quand on a un cil sur une joue ;
- prier saint Antoine de Padoue quand on a perdu quelque chose ;
- ne jamais laisser le pain posé à l'envers sur la table, parce que ça attire les voleurs.

Je pourrais prier saint Antoine de Padoue pour retrouver :
- mon estime de moi ;
- le désir de ce que j'ai ou le désir tout court ;
- l'usage de mes pieds ;
- un sens à tout ça.

*

Petite, j'adorais dessiner des parapluies ouverts. Je m'appliquais particulièrement pour former les ponts qui représentaient la toile tendue au bas des baleines déployées. Le marché du parapluie se porte bien dans ce pays. Quand les Taïwanais ne se protègent pas de la pluie, ils s'abritent du soleil grâce à leurs parapluies qui sont anti-UV également – la peau blanche ici, est un canon de beauté. Moi, je dessinais des parapluies ouverts, pas des ombrelles, encore moins des parasols.

Mercredi 28 août

Je suis à notre table. Une table longue, assez pour huit convives, qui nous suit partout depuis Limoges. Le plateau de couleur claire est défoncé. Il reçoit des coups de coude, accueille des avant-bras nus ou vêtus, des assiettes parfois ébréchées, des couverts claqués bruyamment, des livres, des ordinateurs, des téléphones, des brocs d'eau et des culs de bouteilles. Les pieds sont en acier noir. On dirait une métisse généreuse, moitié d'une chose moitié d'une autre, offrant dans son giron l'hospitalité à six chaises aux formes dissemblables.

J'aime cette table tour à tour cercueil, autel, laboratoire, écritoire et confessionnal. Notre table bordel, notre table maculée, à peine débarrassée. Si ma mère voyait ça, elle aurait honte pour nous. Une cuiller argentée renvoie le reflet de l'abat-jour ardoise. Des miettes de pain agonisent dans l'indifférence générale. Un verre d'eau à moitié plein ou à moitié vide, c'est selon, essaie d'attirer l'attention.

Mes mains sont posées sur la table, mes jambes glissées dessous avec mon désir naissant. Je rédige mon mail pour l'auteur comme un bel emballage pour le cadeau, mon autoportrait, que je lui envoie. Plaisir d'offrir, joie de recevoir. Comme une pipe, pourrait ajouter Pierre. J'aime le décalage horaire quand il s'agit d'écrire le jour à la nuit. J'appuie sur la touche Envoyer à 11 h 11. Je fais le vœu que ça plaise à l'auteur.

*

Habillée de mon jean et d'une chemise en lin, je me suis maquillée *nude*, comme disent les magazines. Je ne connais pas le fond de teint. Un bon point pour ma mère qui m'a transmis le bronzage en héritage. Je suis le négatif de Blanche-Neige : la peau d'ébène et les cheveux blancs. Oui, je tente le cheveu naturel. J'ai bien remarqué que, depuis quelque temps, les gens fixent mes racines tout en me parlant. Ma petite taille leur donne une vue plongeante sur mes quarante-huit ans. Agnès Varda claque la porte derrière elle, des escarpins taupe aux pieds, histoire d'atteindre le mètre soixante.

*

18 heures. Réunion de rentrée au lycée. Je suis figurante, un peu comme dans ma vie. Je prends des notes dont je ferai le compte-rendu à Pierre et à mon aînée. Les enseignants défilent et présentent leur matière, le programme et, pour certains, leur pédagogie. Je joue à

T'es obligée de coucher avec un des profs, lequel tu choisis. Jeu que j'ai inventé pour les salles d'attente et les réunions sans fin, du temps où je travaillais. Je disqualifie Danton (bien nommé Dantoncul par les élèves) : corps d'endive et sex-appeal sous-pull en nylon. Le prof d'anglais est un cas complexe. Un physique ingrat doublé d'un style vestimentaire hasardeux, dont les chaussures grises à bout pointu carré, cuir bas de gamme, et les chaussettes Fifi Brindacier confirment le goût du risque ou l'absence de goût. Mais le type, malgré son nez décalé du milieu du visage, a du charme. Le prof de SVT, plus jeune que les autres, a la peau dorée, les cheveux en bataille et le rasage aléatoire. Il doit aimer les forêts, les lacs et les poils. Il semble finement musclé sous sa chemise de bûcheron. J'envisage aussi le prof d'histoire-géo, plus mature, moins nature, la culture en veste de velours. On doit avoir le même âge.

Un pull rouge pose une question débile concernant une option coréen qui n'existe pas dans cet établissement, ce qui désinhibe une cravate à rayures bleues qui, du coup, demande le taux de mention très bien dans la filière scientifique. L'enfer, c'est les autres.

Fin de la réunion. Tout le monde se lève. L'anglais, les sciences de la vie et de la terre ou l'histoire-géo ? Robinson SVT essaie d'influencer mon choix en me souriant. Il me convoque pour me dire que ma fille a besoin de cours particuliers, et puis on finit au pieu, comme Brigitte Fossey et Bernard Giraudeau dans *La Boum*.

– Vous êtes libres à dîner samedi ? m'interrompt Blandine de la Chatte.

– Euh oui, dis-je en me rhabillant.

De toute façon, ça ne tenait pas debout cette histoire, ma fille est une très bonne élève.

*

J'ai reçu un mail de Jean Alleyssandrin intitulé *Trouver facilement du SEXE ce soir,* écrit sans fautes d'orthographe. Merci Jean, je ne cherche pas un rapport sexuel, mais un rapport de séduction.

*

Il faut donner des nouvelles aux copains en décalage horaire. En décalage tout court. Se plaindre de quoi et à qui ? Il n'y a que Sophie qui comprenne.

*

Envie de débrancher ma cadette qui écoute sa musique à fond. Je lui hurle de baisser mais, justement, le volume de sa musique est trop fort pour qu'elle puisse m'entendre. J'ai la flemme de me lever. Dans les années 80, on ne possédait pas d'« enceinte Bluetooth portative et individuelle aux performances et à l'autonomie impressionnantes ». Plus de technologie, c'est indéniablement plus de nuisances.

J'ai fini par me lever. Sans me vanter, je pense que j'ai dû générer un bon cent vingt décibels, niveau seuil de douleur de l'oreille. Mon adolescente a simplement soupiré.

*

Blandine de la Chatte, c'est la femme d'un collègue de Pierre. Il est content de cette invitation à dîner, heureux que nous recommencions une vie sociale. Parce qu'en expatriation, à chaque fois, on recommence tout de zéro : les amis, le coiffeur, le médecin, les adaptateurs électriques, les éventuels vaccins, le dentiste, l'amant ou la maîtresse, le boucher, les habitudes, la langue, les fantasmes, la banque, l'assurance, le forfait téléphonique, les loisirs, les lois du pays, etc.

*

Il paraît qu'un déménagement réactive les épreuves de séparation vécues lorsque l'on était enfant.

Jeudi 29 août

La journée commence avec le mail reçu cette nuit, pendant mon sommeil. Décalage délicieux.

Je vous remercie pour ce premier texte si personnel. Vos entrées sont variées, douces-amères, fermes, expressives. Elles « disent » beaucoup de vous et de votre désenchantement aussi. Lorsque vous vous êtes montrée plus imprécise ou plus maladroite, j'ai porté en lettres capitales et entre parenthèses quelques suggestions qui me paraissaient utiles. À vous de voir si vous souhaitez en tenir compte pour la version définitive de votre texte.

Je reste évidemment à votre disposition.

À vous,

Gaspard

*

Douche de vingt minutes, avec l'enceinte Bluetooth et waterproof. Benjamin Biolay s'époumone. Il m'aime et il ne peut pas se passer de moi, je ne peux pas le priver de moi. Il m'a dans la peau tout entière et on va mourir sans s'oublier. Je suis nue, mouillée, j'ondule, me dandine. Et je le crois.

*

Apprendre l'italien à quarante-quatre ans m'a permis, entre autres, de comprendre le refrain de la chanson « L'italiano » de Toto Cutugno que j'écoutais à treize. Il ne chantait pas du tout *la chatte est micantarée*, ce qui ne veut rien dire, mais *Lasciatemi cantare*, « Laissez-moi chanter ».

*

– Et ton mari, il fait quoi ?

Le bal a commencé, il faut se présenter. Enfin, présenter son mari. Finalement, ça m'arrange qu'on ne me demande pas ce que je fais, moi, parce que je ne saurais pas quoi répondre.

– Ah, mais pour quelle boîte ? Parce que Flore aussi, son mari travaille dans l'aéronautique !

Flore ? Je muselle ma pensée qui questionne (vaginale ou intestinale ?) et réponds sérieusement à cette femme qui porte une chevalière.

Les femmes d'expatriés, c'est un schéma qui se répète. La femme de bonne famille suit son mari de bonne famille. La femme est souvent diplômée et bien diplômée. Elle vit généralement très bien cette *Arrivée à vie journalière confortable*. Le café de rentrée, c'est

Madame Figaro avec l'humour des Triplés. Autant dire un repoussoir. Pourtant, je veux en être. Je porte au poignet une montre au bracelet en veau Barénia à double tour et boucle ardillon. Les anciennes accueillent les nouvelles. Chacune fait son marché selon ses croyances, ses origines et ses goûts. Que des minous, et pas de MeToo, encore moins de porcs (ils bossent, eux). L'expatriation, ce jardin d'Éden où la femme exhibe le kiki de son mari derrière une bonne grosse feuille de paie. On y pratique l'entre-soi, ce qui, paraît-il, n'a rien à voir avec la partouze.

– Vous avez fait quels pays ? Dans quelles classes sont tes enfants ?

Suède, Italie. Première et terminale. Elle me raconte ses destinations et décline les prénoms de ses cinq enfants qui s'appellent Scout ou Jeannette. Scout ne s'est pas encore fait toucher par le père Matthieu. Jeannette ne craint rien, c'est une fille. Ils sont blonds et appellent leur grand-mère par un nom de marque de confiture. Je décline moi aussi mon curriculum en prenant soin de ne pas dire le mot *bite*. En fait, je ne veux pas en être tant que ça. J'ai un peu envie de les gifler. Je joue le jeu de société, mais quand même, j'abrège poliment l'entretien. Étudiante, j'étais boursière, et j'ai un moyen de contraception. Je ne corresponds pas au profil du poste. Je me dirige vers l'issue de secours. Arrivée sur la terrasse déserte, je sors mon paquet de cigarettes.

– Je peux t'en taxer une ? me demande une inconnue que je n'avais pas vue s'approcher.

Enfin une question désintéressée. Je lui tends une Lucky.

Elle sourit :

– Merci. J'ai arrêté de fumer il y a six mois, mais à chaque déménagement, je craque. Léna, enchantée.

Dans sa chemise en lin toute froissée, je crois apercevoir mon reflet.

*

Je me suis inscrite au yoga. J'en faisais déjà en Italie. La prof, c'est le genre risotto d'épeautre à la spiruline, mais je l'ai de suite aimée. Elle est de ces personnes dont la présence apaise, contrairement à Nelson Monfort – je comate encore devant les championnats de natation. Pierre est soulagé. Ses filles vont bien et sa femme est en train de faire ce qu'il faut pour retrouver sa verticalité.

*

Depuis la fenêtre de ma chambre, j'observe cet homme qui tient un panneau publicitaire, planté devant les feux de signalisation. Il pleut à verse et il reste debout, vaillant, sur ses jambes arquées, dans un ciré transparent jaune en plastique de pacotille. Demain, il tiendra sous le soleil qui le tue. Dans cette ville qui vit sept jours sur sept, quasiment vingt-quatre heures sur vingt-quatre, on voit encore pas mal de petits boulots. Je croise souvent dans le quartier un vieux monsieur au chapeau de paille pointu et sa remorque de cartons gerbés. Il y aussi la dame qui récupère des bidons qu'elle agglutine tout autour de son scooter. Sans compter les esthéticiennes de rue sur les trottoirs de Shilin. Elles épilent au fil, assises sur un petit tabouret bas en plastique rose. L'une des extrémités de deux fils torsadés entre les dents, et l'autre, enroulée autour du pouce, du majeur et de l'annulaire recouverts de sparadrap. Le fil dessine un triangle qui s'ouvre et se ferme dans une danse hypnotique autour de la figure de la cliente. Tout le duvet du visage y passe.

*

Tu n'en as pas marre d'être entretenue ?

C'est une amie enseignante qui a posé cette question lors d'une conversation Messenger. Une amie en mode chienne, donc. Ça arrive parfois. Pourtant, la journée mondiale du chien, c'était lundi.

Je n'ai pas confié sincèrement à l'amie que j'en ai marre d'être en retenue.

Je me sentirais entretenue si j'étais jeune, belle et avide et mon mari gros, moche, vieux et riche, ai-je simplement répondu.

*

Les chiens aboient, le mobil-home passe.
Je suis de ceux qui ne disent rien par peur d'aboyer.

*

Les chiens aboient, le camping-car passe.
Je suis de ceux qui aboient par peur.

*

Les gens m'imaginent toute l'année sous un baobab, sirotant un cocktail à l'aide d'une paille pendant que mon QI fond comme neige au soleil. Là où l'effort est une caresse du vent, où les chagrins sont des châteaux de sable et la pensée, un clair de lune. Je n'ai jamais su répondre à la question sournoise : « Et tu fais quoi de tes journées ? » Comme les autres, j'imagine. J'attends qu'il se passe quelque chose dans ce quelque chose qui se passe.

Vendredi 30 août

Il est 10 heures et rien ne me donne envie de sortir du lit placé entre les parenthèses des tables de chevet. Pour ce que j'en fais, la chambre pourrait suffire à ma vie. Chambre reconstituée à l'identique depuis dix ans d'expatriation, aux couleurs douces – je parle de la chambre. Combien d'autres chambres dans mon inventaire à la Perec ?

- Couverture et matelas en laine, tapisserie imitation Sarah Kay, que je regarde à la lumière du petit matin, à l'affût des bruits rassurants de la cuisine.
- Têtes bêches, les pieds de mon frère Guillaume non loin de mon nez, dans mon pyjama en pilou, rassurée d'être entassés entre cousins dans la chambre froide dite la chambre du fond.
- Le lit transpire le rance, les portraits des aïeux, l'amertume. Seul le gros réveil aux oreilles mécaniques y scande encore le temps de vivre.
- Une chambre avec tableau de bord pour chevet, paumés dans la campagne bourguignonne, et jeunes ; jeunes à prendre une Renault Supercinq pour un hôtel de charme.

- Sous-bocks épinglés au mur, canettes de Stella vides et cendrier obèse sur une moquette négligée ; lui, beau comme un prince endormi au milieu de la porcherie.
- Il manquait seulement la paille, sinon, vraiment, on aurait dit Heidi dans les alpages suisses, rien dans cette mansarde n'était superflu, avec pour seul compagnon, un matelas nu.
- Chambre d'un garçon que je ne connais pas, et qui ne sait pas que son frère m'y a hébergée pour une nuit. Sur une étagère en pin, un trophée sportif gravé à la date du 20.12.1978 remporté à Sotteville.
- Mon lit est un tourniquet nocturne dans Madrid, la fenêtre ouverte sur un palmier n'abritant aucune des perruches argentines, qui pourtant, disait-on, menaçaient la ville. Je me lève soudainement sous les spasmes des tequilas frappées.
- Studio de la Croix-Rousse, sur ce lit en 80, blottis et amoureux, toucher la cuisine d'un bras tendu, et d'un orteil, atteindre la douche.
- Position du crucifix, comme celui cloué au-dessus du lit, j'ai drapé le coton blanc de la couette sur mon bas-ventre, et je prends l'air sacrifié sous son air amusé à Melito di Porto Salvo.
- 4 h 20, le soleil Ikea éclaire mes orteils sur le lit Hasvåg quand mes seins restent dans la pénombre de la chambre de la rue Eriksbergsgatan.
- Ne pas dormir, le visage déformé à force d'imaginer un fantôme dans l'armoire normande et une sorcière maléfique lancer un charme mortel à mon enfant qui dort dans le lit parapluie.

- Les miettes de croissant piquent nos fesses, les leurs encore fraîches, sous la couette du lit parental où elles se sont glissées au petit matin, leurs dessins de bonhommes patates à la main.
- Rêver du baiser délicieux d'Adrien et me réveiller, la main gauche de Pierre sur mon épaule chaude, engourdie et déçue.
- Notre mutisme en ricochets sur les murs tapissés, les gestes absents sur l'oreiller. Et si notre amour avait sauté par la fenêtre à l'espagnolette, sans se retourner sur le miroir ébréché ?
- Chambre au vingtième étage. Taipei la tepu bat la chamade et mon corps tremble, 6,5 sur l'échelle de Richter.

*

Le journaliste : Enfant, comment vous échappiez-vous ?

La metteuse en scène : Par la lecture. Je dévorais les livres. J'ai lu très tôt, beaucoup de littérature sud-américaine, Jorge Luis Borges, Julio Cortázar, avec cette soif d'aller plus loin, ailleurs. À neuf ans, je voulais être Charles Bukowski.

Moi : Par la télévision. J'y ai vu *La Boum*, avec cette soif d'un ailleurs. À treize ans, je voulais être Vic Berreton. Je voulais les mêmes parents, le même lycée, la même arrière-grand-mère, le même appartement parisien, les mêmes amoureux, surtout Lambert Wilson.

*

On a baptisé les mois de l'année, les jours de la semaine et toujours pas les nuits, disait Topor. On a baptisé les repas de la journée du même nom que les verbes correspondant aux prises de ces repas : petit déjeuner, déjeuner, goûter et dîner. Chez nous, on disait « manger ».

*

Avant de le cacher derrière une frange, j'ai longtemps cru que les gens me regardaient à cause du grain de beauté que j'ai sur le front. Il est parfaitement rond. Aucun poil ne pousse sur cette île déserte. Si mon front était un océan, ça se saurait. Mes rides seraient des vagues. Mon crâne serait la terre. Mes cheveux, la forêt, mes yeux des lacs et ma bouche un volcan. Et mon cul du poulet.

*

J'ai lu et relu le retour de l'auteur. Et je continue à trouver étrange qu'il écrive *Vos entrées « disent » beaucoup de vous, de votre humour et de votre désenchantement aussi*. Quelle prétention d'affirmer me connaître. Et *désenchantement*, ça chante forcément Mylène Farmer pour ma génération. Ça chante moisi. J'oscille entre nirvana et bienveillance à deux balles. En même temps, le type n'est pas payé pour dire au client que ce qu'il a écrit, c'est bien mauvais. Finalement, c'est vachement sympa de payer pour recevoir des compliments, on n'y pense pas assez.

*

Les filles sont dans leurs chambres. Je suis vautrée sur le canapé. Pierre n'est toujours pas rentré ; 20 heures ici, ça veut dire 14 heures en Europe, sa deuxième journée de travail commence. Je pourrais me regarder une petite comédie romantique qui ne mange pas de pain. Moi, en présence de personne, ça ne vole pas haut. Ça bat même de l'aile. Cela dit, moi en présence de Pierre, ça ne vole pas haut non plus. Je sais bien que je ne fais plus d'efforts. Pierre est un conjoint de compagnie idéal. Aimant, généreux, intelligent, doux et drôle, mais Pierre a le défaut d'être mon mari depuis vingt ans. C'est sans doute son seul défaut.

S'il me voyait vautrée comme ça, l'auteur, il dirait que la moitié de ma vie sur le canapé, ça dit beaucoup de moi. Je lui ai finalement répondu aujourd'hui.

Cher Gaspard,
Merci, je me suis touchée.
Merci, je me suis sentie touchée, ça marchait aussi.

En réalité, j'ai répondu :
Cher Gaspard,
Merci, je suis touchée.

*

In girum imus nocte ecce et consumimur igni.
Il paraît que c'est le plus long palindrome.
« En rond nous tournons dans la nuit, nous voici consumés par le feu. »

Samedi 31 août

Il fait chaud et humide. Je suis embêtée pour m'habiller. Il faudrait transpirer dans des jupes ou des robes, que je ne porte plus. Parce que je commence à avoir des varices qui dessinent des lombrics bleutés le long de mes mollets. Mon uniforme, c'est donc un jean. En fait, mon jean, puisque je porte toujours le même. Je dois en avoir une petite dizaine consignée au placard. Trois qui me boudinent, un qui me dessine une moustache à l'aine, un qui fait pied de chameau au niveau du pubis et les autres, dont je n'ai jamais fait l'ourlet.

Mon préféré est un denim brut en toile japonaise, fabriqué en Chine, acheté une fortune en France. Sans élasthanne, censé *se faire* en quelques jours, mais qui reste en titane après six mois. Le concept est judéo-chrétien : souffrir, comprimée dans le jean-camisole des jambes. Les extrémistes ne le lavent qu'au bout d'un an, dans un bain de mer. Cette méthode, dite marine, consiste à se baigner avec son jean sur soi. En sortant de l'eau, il est conseillé de frotter le vêtement avec du sable et de recommencer l'opération plusieurs fois. Mon jean préféré reste donc au bas de la pile et surtout un fantasme. Je coucherai sur mon testament de m'en revêtir le jour de mon enterrement. Une fois les chairs putréfiées, il m'ira comme la peau sur les os.

*

À Taïwan, le chrysanthème est la fleur symbole du courage. Je déteste le mot *courage*. On la boit en thé, en vin également. Ici, les chrysanthèmes ne sont pas des fleurs de cimetière.

*

Trois religions principales cohabitent. Bouddhisme, taoïsme et confucianisme. Le taoïsme, riche en dieux et rituels, prône la patience et la tolérance. Des temples, il y en a partout. Un temple peut accueillir des dieux taoïstes et bouddhistes. On vient déposer des offrandes afin d'obtenir quelque chose ou remercier. Les offrandes, ça peut être de l'encens ou du papier-monnaie qu'on brûle dans l'encensoir placé à l'entrée, ou des aliments déposés sur l'autel. Se rendre au temple fait partie du quotidien des Taïwanais, même athées. Deux fois par mois, selon le calendrier lunaire, ils envoient de l'argent à leurs morts en brûlant dans les rues de faux billets. L'argent, c'est pour couvrir leurs besoins dans l'au-delà. Je ne sais pas si je me trompe en disant que les Taïwanais sont plus mystiques que religieux.

*

Elles parlent salon de jardin.

– Ras le bol du Fermob, tout le monde a du Fermob !

Je vis dans un éden où tout le monde a un salon de jardin à deux mille cinq cents boules, et c'est apparemment lassant. On est là, on boit du champagne et on fait connaissance. Nous sommes trois couples. Tout est exemplaire, de l'entrée au dessert en passant par les intentions. C'est avec les apparences qu'on se protège. Il me semble que ces faux-semblants me minent a posteriori. Bien sûr que je fais partie de la mascarade. Bien sûr que je la joue la comédie ! Et puis ensuite, je m'en veux. Je ne sais plus si c'est un rôle, si c'est une partie de moi, si je me suis confiée ou si je me suis inventée.

Ces premiers dîners me tétanisent, j'ai toujours peur d'y être démasquée. On pourrait inventer un jeu de société autour des marqueurs de classe. Une variante du *Qui est-ce ?* – ce jeu de plateau sur lequel sont représentés les portraits de vingt-quatre personnages. Le but est de deviner celui choisi par l'adversaire, en posant des questions sur son apparence physique. Il n'est possible de répondre que par oui ou par non.

Joueur 1 : La personne porte-t-elle une chevalière ?

Joueur 2 : Non. Est-ce que la personne porte un jogging le dimanche ?

Joueur 1 : Non. A-t-elle une maison familiale à l'île d'Yeu ?

Joueur 2 : Oui. La personne a-t-elle passé son enfance expatriée en Afrique, au gré des affectations d'un père qui travaillait dans le pétrole, et elle aurait eu un choc en rentrant à Paris pour faire son école de commerce ?

Joueur 1 : Non. À moi. La personne a-t-elle fait l'École alsacienne ?

Etc.

*

Sophie, parce qu'elle aime les mails que je lui écris, est convaincue que l'écriture est un chemin pour moi et ne cesse depuis de me tendre des perches. Le cadeau de l'atelier à distance est, pour le coup, une balise bien concrète. J'ai rencontré Sophie en Suède. Nous étions deux nouvelles et deux novices dans la vie d'expatriées. Sophie était optimiste et curieuse. J'étais cynique et gaie comme un Ehpad. Nous étions complémentaires et sommes devenues complices. Tel Jean Rochefort, à la question : « Que savez-vous faire ? », je répondrais : « Repérer des amis. »

Lundi 2 septembre

– Mais, tu es là ?

– Bonjour mon amour !

Bonjour mon amour. Évidemment, nous jouons, parce qu'en vrai nous ne pouvons pas nous dire cela. Même à mes filles, je ne peux pas ou je ne sais pas dire je t'aime. Pas notre genre de le dire.

– Je te rappelle, ma douce, que je prends l'avion en début d'après-midi. Je bosse donc ici ce matin, me dit Pierre ironique.

Sa valise trône effectivement devant la porte d'entrée. Sa valise toujours à deux temps, qu'il fait et défait, et ma valse toujours à trois temps, tant pis tant mieux tant va la cruche à l'eau qu'à la fin elle se casse. Entre sa valise et ma valse, une lettre d'écart, le i de nos idiosyncrasies.

Mon vernis Rouge pirate est écaillé sur l'ongle de mon annulaire droit. Je l'ai remarqué quand j'ai voulu lever le majeur en direction de Pierre. Finalement, je n'ai fait que lui adresser un prétendu sourire. On dit que c'est l'intention qui compte. Je grimace devant la cafetière. Je me dis que je ne survivrai pas à la retraite.

Je grimace devant le frigo. La maison, la semaine, c'est *mon* espace, mon bureau. On prend rendez-vous pour y venir. Elle est en réunion, elle ne peut recevoir personne. Je n'arrive pas à être aimable. Je veux être seule. Peut-être vais-je aller courir. Mais je ne cours pas. Le temps est maussade. Je suis maussade. Mon café à la main, je regarde les nuages qui font la nique au soleil. Peut-être que je suis dépressive. Avez-vous du mal à vous lever le matin ? Vous n'avez de goût à rien ? À rien de ce que je connais effectivement. Mais j'ai goût pour un inconnu. Mon mari, mes enfants, je leur en veux de me remettre les pieds dans la réalité. Une réalité qui faisait sens avant cette dernière expatriation, avant la *midlife crisis*. Le conte où je ne trouve aujourd'hui plus mon compte.

– Et tu vas t'en sortir comment ?

– Reprendre le début du conte.

– Mais ça n'existe pas un conte où Cendrillon aurait quarante-huit ans. T'imagines la tronche des nains ?

– La Belle au bois dormant, elle se réveille bien au bout de cent ans.

– Ça existe un conte où le père de la princesse est mort ?

– Non, Blanche-Neige a un père, Cendrillon un père, la Belle au bois dormant un père, Peau d'âne un père, d'ailleurs, ce dernier a une paire dont il aimerait bien se servir avec la fille dont il est le père.

– Mais tu as eu un père.

*

Le voyage intérieur reste le principal défi. On a beau partir très loin, on s'emporte soi et c'est toujours soi que l'on finit par retrouver, même au bout du monde. C'est très décevant. Partir, est-ce que c'est mourir un peu comme dans le « Rondel de l'adieu » d'Edmond Haraucourt ?

*

À Taïwan, comme partout, on hérite de son prénom et de son nom. La majorité de la population se partage les cent patronymes les plus fréquents. Le prénom est donc essentiel pour se différencier. Mais à défaut du calendrier des saints, on interroge des consultants : des consultants en destinée.

Tina m'explique comment elle et son mari ont choisi le prénom de leur fils. D'abord, ils ont essayé d'avoir un enfant du signe de la balance, parce que tous deux sont balance. C'est un bon signe d'équilibre. Mais ils n'y sont pas arrivés. Cette confidence la fait rougir et rire, son rire toujours derrière sa main. Son fils est scorpion. Le consultant en destinée connaît l'étymologie, le calendrier lunaire, l'influence des astres, le zodiaque chinois, le yin et le yang, ainsi que les cinq éléments. Mais il ne leur a proposé que des vieux prénoms signifiant la force, le combat, la virilité ou le courage. « Il a aussi donné *Kāi*, qui veut dire "cœur". Parce que mon fils est né l'année du tigre. Une partie du sinogramme *Kai* signifie "viande que le tigre peut manger". C'est-à-dire avoir toujours à manger. Et peut-être que ça équivaut à être heureux pour un tigre. »

Je souris, mais je ne comprends rien et je n'ose pas la faire répéter. Le problème n'est pas d'apprendre la langue, mais de comprendre toute une conception du monde. Il n'y a pas un filtre, mais de multiples interprétations. Vivre ici, c'est faire avec ce tâtonnement, avec cette incompréhension. *Wei* est un nom commun qui désigne la montagne haute et *Kāi* voudrait dire « heureux ». *On espère que notre fils Wei Kāi sera aussi heureux que la montagne haute.*

Elle m'explique encore qu'il est très facile de changer de prénom à Taïwan. Les parents peuvent le faire une fois avant la majorité de l'enfant, et lui-même pourra le faire une fois encore au cours de sa vie. En chinois, changer de prénom, *gǎi míng,* et changer de destin, *gǎi mìng*, sont homophones. Seul le ton change.

Une fois adultes, certains veulent choisir un prénom qui corresponde à ce qu'ils sont devenus. Je lui demande si elle croit que changer de prénom peut changer la destinée. Elle me répond sans hésiter : pour dix pour cent. Elle ajoute : le nouveau prénom doit être prononcé plus de mille fois avant de commencer à libérer le pouvoir qu'il renferme. Elle m'avoue que son mari a déjà pensé à changer. Il s'appelle Liu Bing Hsien. Ça ressemble à *Liu Bi Hsie* qui veut dire « nez qui saigne ». Ça ressemble à *Liu Bing Hsie* qui veut dire « chaussure de skate ». Ça ressemble à *New Pi Hsien* qui veut dire « psoriasis ». Il était traumatisé plus jeune à chaque fois qu'il devait se présenter. Et détestait quand on l'appelait dans une salle d'attente ou de classe. Beaucoup se sont moqués de lui. Mais maintenant, il l'aime parce que c'est son identité.

*

Je suis la robe jaune d'un cheval, aux crins de couleur noire.

Je suis un cépage interdit de 1924 à 2003.

Je suis un papillon nocturne, localisé dans les forêts de pins de moyenne montagne et protégé par un arrêté du 22 juillet 1993.

Je suis un ferry de la compagnie Viking Line.

Je suis un livre d'André Gide.

Je suis un personnage de Racine, de Molière et de Shakespeare.

Je suis une chanson de Brel.

Je suis une chanson de Joe Dassin.

Je suis une chanson de Charles Aznavour.

Je suis aussi un bide introuvable d'Herbert Léonard.

Qui suis-je ?

*

Ce n'est pas parce que la lune va décroître, puis disparaître qu'il faut vous effacer ou vous placer en retrait. Mon horoscope du jour ne comprend rien. Parfois, mieux vaut être seule que bien accompagnée.

*

Comme un bonheur n'arrive jamais seul, j'ai reçu après le départ de Pierre la deuxième consigne d'écriture.

Cette fois-ci, l'auteur nous demande d'écrire en mille cinq cents signes LA scène déterminante. Faire le récit de l'événement de notre vie. Ni plus ni moins.

*

Jacques Brel : L'homme (le mâle) est un nomade. Il est fait pour se promener de l'autre côté de la colline. Par essence, la femme l'arrête, parce qu'elle a envie qu'on lui ponde un œuf. Et toute sa vie, un homme normal rêve de foutre le camp. Et la femme, elle rêve de garder le gars.

Douze ans plus tard, Brel voulait devenir l'ombre du chien d'une femme qu'il implorait de rester. Il avait peut-être compris qu'une femme aussi, elle peut rêver de foutre le camp.

*

Ce soir, à ma table cabossée, je fais moins la maligne. J'ai pensé toute la soirée à la consigne sans parvenir à aligner deux mots.

Mardi 3 septembre

La fenêtre du salon donne sur un parc public. J'aime bien regarder le cours de tai-chi-chuan. On peut traduire le nom par « boxe du faîte suprême » ou « boxe de l'ombre ». Le tai-chi-chuan comme le chemin qui serpente entre le versant ensoleillé et l'obscurité. « Saisir la queue de l'oiseau », « repousser le singe » et « séparer la crinière du cheval » sont des noms de postures. Quelle poésie.

*

Le chiffre 8 se dit *bā*. Le huitième jour du huitième mois se dit donc *bā bā*. Ça ressemble à la prononciation de *bàba*, qui signifie « papa ». CQFD. Le 8 août, c'était la fête des pères. J'ai oublié de poser la question pour la fête des mères.

*

Le journaliste : Comment était ton enfance ?

La chanteuse lyrique : J'ai eu une enfance très joyeuse à Chouetteville. Ma mère était libraire et mon père professeur agrégé d'histoire. J'ai reçu une éducation très Renaissance : des arts, des lettres, du sport...

Le journaliste : Et les étés ?

La chanteuse lyrique : On allait dans la maison de famille de Roquebrune. Les étés étaient synonymes de soleil, de mer et de jeux... Il y avait des cousins, de la musique, tout le monde jouait d'un instrument. Ma grand-mère était violoniste. Elle a même joué avec Gabriel Fauré. Chez nous, la musique se transmet de mère en fille.

Moi : Chez nous, c'était la honte.

*

Cette consigne m'obsède. Je sais bien que trouver le sujet n'est pas le problème. Le problème, c'est que je n'ai pas envie de me livrer en pâture à l'auteur. Alors, l'esprit tourne sept fois la langue dans son inconscient avant de se coucher. Ma mère utilise l'expression *Une Marie-couche-toi-là*. Ça me faisait rire enfant, sans vraiment comprendre ce que ça voulait dire. Il y a sans doute des mots-couche-toi-là pour écrire ma scène-événement.

Mercredi 4 septembre

J'ai regardé un documentaire animalier très intéressant sur les flamants roses. Leurs couples sont monogames à l'année. Ils changent de partenaire d'une année à l'autre. Il s'agit d'une monogamie sociale séquentielle. Je voudrais être un *Phoenicopterus roseus*.

*

À la radio, cette académicienne qui affirme, avec ses inflexions d'aristocrate dans la voix, comprendre les gilets jaunes. Et moi, qui fais le piquet autour du rond-point qu'est mon nombril.

*

À défaut d'écrire, j'ai fait le chien tête en bas au yoga à gauche d'une femme au corps fin et musclé. Je l'ai regardée faire, puissante, les muscles dessinés, une posture dont j'ai oublié le nom. Un genre de poirier.

Lors de l'élévation de son corps vers le haut, j'ai pensé à une partie de flipper, au moment précis où tous les capteurs s'allument. Son corps s'allumait à mesure qu'elle s'élevait. Elle ne portait qu'une brassière en haut. Moi, je me suis mise dans la posture de l'enfant. C'est-à-dire recroquevillée. J'étais impressionnée par ce corps athlétique, tendu comme un arc vers le plafond. J'ai tourné la tête vers le mur et j'ai souri. Ce n'était pas un corps à caresser. Pas un cul à prendre. Pas des seins à faire bander. C'était une piste d'atterrissage. Performante. J'ai imaginé mon corps comme un paysage, un champ, des collines, un lac.

*

Après le yoga, je me suis laissé entraîner à aller boire un thé avec quelques femmes comme moi, qui tuaient le temps. Deux d'entre elles, plus jeunes, avaient leur enfant de neuf ans dans la même classe.

– Et l'instit qui annonce, comme ça, tranquille : « Pas de cadeau de fête des mères ! » Tu comprends, si pour un seul gamin dans la classe qui a perdu sa mère et trois autres qui ont un père aux abonnés absents, on punit toute une classe, je sais pas où on va ! Supprimons le porc à la cantine si on va par là. Pis on leur met plus de notes à l'école. Et on leur dit aussi que le monde est juste pendant qu'on y est ?

Les femmes de trente ans m'ennuient avec leurs histoires d'enfants. Ça ne m'intéresse plus. J'ai répondu que ces fêtes, moi, ça me passe au-dessus de la tête et que les cadeaux de fête des mères que j'ai reçus, tous plus moches les uns que les autres, j'ai fini par les balancer. J'ai senti que j'avais passé les bornes. Elles m'ont regardée incrédules, les yeux comme des microscopes qui tentaient d'obtenir une image agrandie de moi.

– Mais nan, tu déconnes !?

Au point où j'en étais, j'ai surenchéri : je ne souhaite pas la fête des mères à ma mère et mes filles ne me la souhaitent pas non plus, et je serais vexée si elles s'y conformaient. C'est comme si mon mari me fêtait la journée de la femme.

*

Je me promets de ne plus jamais aller au café après le yoga. J'ai perdu tous les bénéfices de la pratique. Je suis rentrée très énervée. Je leur en voulais et surtout je m'en voulais de n'avoir pas su me taire.

C'est toujours la même chose. Je regrette après. Je dis des choses qui dépassent clairement ma pensée. Je m'en fous de la fête des mères des autres. J'aimerais apprendre à me taire à temps.

*

Mes filles me disent souvent que je ne sais pas m'arrêter quand je m'énerve, que c'est bon, on a compris, ce n'est pas la peine d'en faire des tartines pendant des heures. Elles ajoutent que si je pouvais équilibrer mes excès avec ma tendance à ne pas finir mes phrases, ce serait bien pour les autres. Pierre et mes filles me surnomment le Père Fouras parce que mes phrases inachevées deviennent des énigmes à résoudre pour mon interlocuteur.

Jeudi 5 septembre

POUR MON PÈRE

Mon père aimé, mon père à moi,
Toi qui me fais bondir
Sur tes genoux
Comme un chamois,

Que pourrais-je te dire
Que tu ne sais déjà ?

Il fait si doux
Quand ton sourire
Éclaire tout
Sous notre toit !

Je me sens fort, je me sens roi
Quand je marche à côté de toi.

Maurice Carême
Volière

L'année du CM2, pour la fête des pères, je n'ai pas appris la poésie.

Vendredi 6 septembre

Je dis à Tina que je n'ai pas le moral ce matin. Je n'ai pas envie de faire du chinois. Je lui avoue que je n'ai pas travaillé, je n'ai pas préparé le dialogue où je devais demander mon chemin. Tina me demande si mon lit se trouve contre un mur porteur ou directement face à une fenêtre ou une porte. Je la regarde perplexe. Elle poursuit : parce que cette disposition empêche le *qi*, l'énergie vitale, de circuler harmonieusement.

Je visualise rapidement notre chambre et je réponds à Tina que la tête de notre lit se trouve bien contre un mur porteur. Mais que c'est la seule configuration possible.

Tina, après un silence prolongé, lâche : il faudrait installer des talismans de pierre pour rediriger le *qi* et ainsi rétablir l'harmonie. Elle me dit qu'un Taïwanais irait voir un maître feng shui. « Les gens le consultent quand ça ne va pas. » Je lui demande de m'expliquer. À l'aide d'un *luopan,* une sorte de boussole, et de l'horoscope des occupants du lieu, un diagnostic est établi. Des solutions d'aménagement de l'espace sont proposées. Le feng shui est fondé sur la direction des vents (*feng*) et l'orientation des eaux (*shui*). À Taïwan, tout en dépend : l'agencement des temples, des maisons, des bureaux, des sépultures. En Chine continentale également, mais le Parti communiste menace d'exclusion les membres qui obéiraient aux règles du feng shui au détriment du marxisme-léninisme.

*

Blandine de la Chatte me propose d'aller cet après-midi, avec son amie Blanche Pubis (parfois les aristos abolissent leur particule), au Musée national du Palais. « Une exposition de porcelaines, magnifique, à voir absolument. » Non merci. Je n'aime pas l'idée de la visite d'un musée à plusieurs. Encore moins avec des gens que je ne connais pas. Certains trouvent étrange mon absence d'intérêt. Je passe pour une incurieuse asociale. Et ma réputation est à réaffirmer à chaque nouvelle destination. Non, je ne vais pas participer à la visite en troupeau de Dihua Street, ni faire la marche de l'Elephant Mountain. Non, je ne vais pas me taper leurs slogans auto-promotionnels :

– C'est génial, quelle chance cette vie !

– Et pour les enfants, quelle ouverture d'esprit ! Nos enfants sont les enfants de la terre entière.

Mais, connasse, nos enfants sont surtout les enfants de la reproduction sociale. Nos enfants sont les enfants des lycées français à l'étranger. L'ouverture d'esprit : la blague ! Ou alors, l'ouverture d'esprit de la cage dorée. D'ailleurs, les lycées français à l'étranger sont comme les autres, avec des bons et des mauvais enseignants. Ce qui change, c'est le public très très majoritairement favorisé. Difficile d'écorner le fantasme des enfants d'expat bilingues, citoyens du monde, hyper intégrés, brillants, épanouis et ultra sociables. En parlant épanouissement, mes filles vont mieux. Mes filles vont bien, et j'en suis vraiment heureuse.

*

J'ai trouvé au hasard d'internet un portrait d'Éléonore de Tolède, peint par Agnolo Bronzino. La ressemblance avec Justine m'a frappée. J'ai fait un copier-coller de l'image. Puis j'ai dessiné sur le visage d'Éléonore des lunettes, les mêmes que porte Justine : rectangulaires, cerclées de plastique couleur gris mat éléphant. Je lui ai envoyé ma création, euphorique, avec pour commentaire : *Ta grand-mère Éléonore de Toledo*. Elle a lu le message dans les cinq minutes qui ont suivi l'envoi. C'était il y a quatre heures. Toujours aucune réponse. Si ça se trouve, sa grand-mère est morte ce matin, auquel cas, ça ne l'a pas fait rire du tout. Ou pire, sa grand-mère va mourir demain, et elle pensera que c'est moi qui lui ai porté la poisse.

Justine, c'est une connaissance, une amie d'amis, croisée quelques fois, que je *like* beaucoup sur instagram. C'était peut-être audacieux comme démarche. Mon impulsivité me fatigue. Après l'excitation – la jouvencelle –, le doute, lui-même suivi de son cousin le rabat-joie, est arrivée paranoïa, sa tante par alliance.

N'importe quoi, mais bon, ça dit quand même bien mon état du moment.

*

La journaliste : (…) *Parcours intéressant pour cette mannequin dont les parents sont ingénieurs en construction navale* (…).

La mannequin : Je ne pensais pas que je pouvais défiler. J'étais assez complexée par ma taille (1,80 mètre, *ndlr*). Enfant, je m'imaginais philosophe, astronaute ou documentariste.

Moi : Ben moi, je m'imaginais mannequin.

*

Pierre est rentré et m'a trouvée avachie sur le canapé, hypnotisée par ma série du moment. (Tout, plutôt qu'écrire ma scène-événement.) Je ne fais pas Pause, je ne lève pas les yeux, je le salue sans le regarder. Les filles ne sortent plus de leurs chambres en courant pour se jeter dans ses bras comme quand elles étaient petites. Le retour du héros, c'était quelque chose.

Il dit : Ah super, merci pour l'accueil.

Je fais Pause et rétorque que le *front desk*, c'est pas ici, et que s'il voit une hôtesse d'accueil quelque part, moi pas. Je rajoute, parce que je ne sais pas m'arrêter, que si on devait célébrer chaque fois qu'il rentre de déplacement, notre maison serait une garden-party et, enfin, je lui conseille de prendre un chien s'il veut qu'on lui fasse la fête. Bref, je fais ma hyène. Il part dans notre chambre.

Quand nous passons à table, Pierre est de bonne humeur. Je le regarde, abasourdie. Il fait comme si de rien n'était. Comme si j'étais une épouse aimable, au sens premier de « qui peut être aimée », comme si j'étais humaine. Il est passé à autre chose. Il a déjà pardonné à la chienne qui a aboyé plus tôt.

Chez Pierre, le compromis, c'est une nature, et l'expérience suédoise l'a conforté dans son *lagom*. Le lagom, c'est la base de la philosophie suédoise. Lagom ou modération ou norme (ou rabat-joie). Pas de vagues, ni trop ni trop peu, un état médian en toutes circonstances. J'aimerais être de cette nature, mesurée en toutes choses. Pierre avait raison, il a eu un accueil de merde. J'ai été démesurément méchante, excessivement injuste. Et lui, il passe l'éponge, il pardonne. Je devrais m'excuser.

*

Je me regarde dans le miroir et je vois le reflet de Bruce, le carlin de ma voisine.

*

La Paille d'Or, c'est ma madeleine. Cette gaufrette fourrée à la framboise que mes camarades dégainaient à la récréation. Je rêvais d'avoir moi aussi la botte de cinq pailles détachables dans un sachet argenté. Ma mère disait que c'était trop cher et, le cœur fermé à ma demande, passait son chemin devant le rayon gâteaux. Pain et chocolat était la seule alternative à pain et confiture. Au prochain retour de Pierre, je pourrais l'accueillir avec une coupe remplie de Paille d'Or pour me rattraper. Mais on n'en trouve pas dans ce pays.

Samedi 7 septembre

Ce matin au réveil, j'avais un message. À cause du décalage horaire, toute la famille met son téléphone en mode avion pour ne pas être dérangé pendant la nuit. Mon frère aîné m'annonçait que, à la suite d'un accident, maman se trouvait dans le coma. Au pays des deux mille deux cents séismes annuels, celui-ci est de magnitude inconnue.

*

Pierre assure, comme d'habitude. Il m'a pris un billet pour Paris. Je pars demain matin.

*

Je fais ma valise. Je me demande si je prends ma trousse à maquillage. Est-ce qu'on se maquille pour aller voir sa mère dans le coma ? Je me demande si je prends mon pull vert à paillettes. Est-ce qu'on porte un pull à paillettes quand sa mère est dans le coma ?

Dimanche 8 septembre

Je suis dans l'ascenseur qui me mène au salon de l'aéroport. Je fixe l'absence du chiffre 4, qui se prononce *sì* en mandarin, comme les mots « mort » et « mourir ». Les Taïwanais, très superstitieux, ne l'utilisent jamais dans la numérotation. Le quatrième étage n'existe pas, pas plus que le quatorzième ou le vingt-quatrième. Après avoir montré patte blanche, je pose mon sac au pied d'un fauteuil moelleux et vais me servir une bière. Au passage, j'attrape quelques journaux français, un quotidien de la veille et mon magazine féminin que je n'ai pas encore reçu.

Il est tôt pour boire, je le sais bien. J'observe les gens qui goûtent les mêmes privilèges autour de moi. Je vérifie mon billet. La mention *Parce que tu vaux mieux qu'un autre* n'y figure pas. J'ai le cul lové dans un fauteuil en forme de crapaud dans un salon qui porte le nom de Dynasty Lounge. Et je n'ai toujours pas écrit ma scène-événement.

*

Pierre a atteint le statut *Platinum à vie* à l'âge de trente-sept ans. Le niveau le plus élevé du programme Air France. Pour obtenir le Saint-Graal, il faut avoir fait un minimum de soixante vols annuels pendant dix années successives. À vie, l'accès aux salons des aéroports, à vie l'enregistrement et l'embarquement prioritaires, à vie les bagages estampillés *Priority*. Même quand il voyage en classe Économie, il est prioritaire. Sans être enceinte ou handicapé. C'est une rente de priorité comme il en existe tant d'autres. (Certains naissent même avec, la fameuse cuiller d'argent.) C'est comme si j'allais tous les jours depuis dix ans dans la même boulangerie et que je puisse passer devant tout le monde pour acheter mon pain. Ou bien qu'on me réserve un espace, avec open bar, le temps qu'on me donne ma baguette.

*

Le crapaud à la princesse : Si tu m'embrasses, je me transformerai en prince charmant.

La princesse, après avoir réfléchi : Je préfère avoir un crapaud qui parle.

Traduction d'un dessin de John Atkinson.

*

Parfois, j'aimerais porter une bonne paire de couilles, bien au chaud dans un costume, posée sur un siège de bureau, et prendre des décisions capitales. Non, en fait, je préfère garder mes seins et mon vagin, mais bien au chaud dans un tailleur, posé sur un siège de bureau, et prendre, etc. Je ne me sentirais pas que femme de, mère de et fille de.

*

Embarquement. Je rentre en classe Business avec ma gueule de classe Éco. Un verre de champagne m'attend déjà, comme si prendre l'avion pouvait être festif. Me voilà partie pour treize heures de voyage avec alcool à volonté, wifi, siège qui se transforme en lit, menus élaborés par des chefs étoilés et hôtesses aux petits soins. Généralement, je n'en profite pas tant que ça, sinon du confort de m'effondrer alcoolisée, allongée à cent quatre-vingts degrés. Je prends soin de mélanger alcool et comprimé baguette blanc quadrisécable aux vertus myorelaxantes, anxiolytiques, sédatives, hypnotiques et amnésiantes. J'ai la phobie de l'avion. Une fois dedans, mon objectif est d'être la moins consciente possible.

Une copine est convaincue que ma phobie vient de la perte de maîtrise qu'il faut savoir gérer en avion. Moi, je résume ça à la peur de mourir. J'ai peur avant et pendant, même s'il n'y a pas de turbulences. Parce que, comme dans la vie, si tout est calme, c'est que ça ne va pas durer. Je me suis déjà fait mille promesses pendant des vols. Je me promets d'arrêter de fumer si je m'en sors. Je me promets de ne plus râler si ce putain d'avion atterrit. Je me promets de trouver l'existence merveilleuse si on arrive en vie. Une fois au sol, je fais la nique à mes promesses. Pour la peine, on peut dire que ce n'étaient que des paroles en l'air.

*

On évalue l'état de conscience de 3 à 15 sur l'échelle de Glasgow, selon la réponse oculaire, verbale et motrice. Toutes ces échelles, Richter, Glasgow, Beaufort, Saffir-Simpson, Kardashev, Brinell… Comment s'appelle celle qui mesure la capacité au bonheur ? Une escabelle me suffirait bien. Et l'échelle pour évaluer les peurs ? C'est un échafaudage qu'il me faudrait.

*

10 h 15.

Bienvenue à bord d'Air France.

I am Stéphanie Loiseau, your flight attendant.

En cas de dépressurisation, un masque à oxygène tombera automatiquement à votre portée. Tirez sur le masque pour libérer l'oxygène. En cas d'évacuation, etc. L'emplacement de votre gilet de sauvetage gnagnagnagnagnagna.

We wish you a very pleasant flight.

L'avion, c'est comme un paquet de cigarettes : on te vend du rêve, mais en insistant bien sur les risques de mort liés à sa consommation.

PNC aux portes.
Armement des toboggans.
Vérification de la porte opposée.

J'ai longtemps cru que c'était *Piense aux portes*. Un mélange d'espagnol et de français pour dire : « Pensez aux portes », sous-entendu : « Pensez à fermer les portes. » Un jour, une copine m'a expliqué que c'est PNC pour « personnel navigant commercial ». Qu'est-ce que je peux être conne quand j'ai peur. À croire que la peur empêche les neurones de communiquer. La première fois que j'ai pris l'avion, j'avais dix-neuf ans. La première fois pour mes filles, à peine un an. La première fois pour ma mère, quarante ans.

*

J'essaie de détourner mon angoisse en me concentrant sur le livre prêté par Tina, *Légendes de Taïwan*. Mon histoire préférée est celle de la tribu Saisiyat, une minorité aborigène qui vit dans le nord de l'île. Les Saisiyat avaient pour voisins des nains noirs adeptes de sorcellerie, agiles et courageux, qui leur avaient transmis l'art de l'agriculture. Mais la tribu les jugea trop ardents avec leurs femmes et finit par massacrer les nains. Les moissons devinrent très mauvaises. Alors, la tribu des Saisiyat se mit à honorer les esprits des pygmées pour demander pardon dans l'espoir de retrouver d'abondantes récoltes. C'est ainsi qu'est né le festival Pasta'ay, l'hommage des Saisiyat aux esprits nains et noirs, fait d'offrandes de vin et de nourriture, au rythme de chants et de musiques traditionnelles.

*

Médicaments et alcools commencent à faire effet. Je me sens presque détendue. En Business, on n'a pas le coude du voisin qui touche le sien. On voit à peine son voisin d'ailleurs. Je sors mon ordinateur, la presse, et je pose devant moi mon ange gardien Playmobil qui déplaît souvent parce qu'il a perdu son casque de cheveux et qu'on voit un trou dans sa tête. Une hôtesse avec beaucoup de mascara m'apporte une jolie assiette avec quelques offrandes sucrées et me demande ce qu'il me plairait de boire. Peut-être qu'elle fait partie de la tribu des Saisiyat et cherche à m'honorer pour une raison que j'ignore. Je suis touchée, même si elle n'entonne aucun chant traditionnel. Je lui réponds sans vergogne : une vodka. On va arrêter avec les doutes.

*

Je crée un nouveau document que je nomme Consigne 2. Je m'arrête sur la polysémie du mot. Le bagage que l'on dépose, la punition qui sanctionne, la mesure de sécurité, l'instruction formelle.

*

– Pardon, on se connaît, non ?

– Euh, oui… Je pense qu'on s'est croisées au café de rentrée.

– Mais oui, c'est ça ! Ludovine de la Prostate, enchantée ! On voit tellement de monde, il est difficile de parler avec chacun… C'est frustrant.

– Isabelle, enchantée.

– Toi aussi tu rentres à Paris pour le boulot ?

– Euh, non pas vraiment. Je rentre pour raison familiale.

– Ah d'accord. Bon, je retourne travailler sur ma présentation, parce que je suis très très en retard ! Mais bon, si tu as envie de bavarder, n'hésite pas, je suis deux sièges devant. À plus !

Elle a louché sur ma vodka de 11 heures du matin et sur mon Playmobil sans cheveux.

J'ai souri en réponse au lapin blanc que j'avais embarrassé en ne jouant pas le jeu des ressemblances.

*

Au départ, Lewis Caroll avait donné à *Alice au pays des merveilles* le titre *Les Aventures d'Alice sous terre*. Ça fait peur.

*

J'ai fait la fille qui hésitait, mais je l'avais très bien reconnue. Grande et classe, vêtue de couleur crème. On n'oublie pas le sosie de Paul Préboist avec des cheveux blonds. Yeux globuleux, pourtant d'un joli bleu, et cernes gonflés comme des préservatifs pleins. Au café de rentrée, j'avais assisté à une conversation qu'elle entretenait avec une autre importante de son espèce. Pas de celle des connes-jointes-suiveuses, non, la nouvelle génération de femmes d'expatriés : celle des femmes expatriées, celle des j'ai-ma-carrière-portable. Le profil est assez classique :

- Inscrit ses enfants à l'école anglaise ou américaine. Les plus jeunes à l'école locale.
- Emploie une *maid* philippine qui a le défaut de ne bien parler ni l'anglais ni le mandarin. Étrangement, aucune ouverture d'esprit au tagalog-filipino.
- Consultante ou auto-entrepreneuse.
- Pense que tout le monde va à Paris pour le boulot et que tout le monde a un appartement à Paris tout en vivant à l'étranger.
- A fait une école de commerce, filière marketing.
- Valeurs transmises aux enfants : on n'a pas besoin de consommer, ni de posséder pour être heureux…
- (… vu qu'on passe nos) Vacances dans la maison familiale de Guéthary ou chez des amis en Avignon.

Ma hantise. La race la plus décomplexée. La plus sympathique a priori, celle qui te fait croire que Kevin ou Augustin, c'est pareil pour elle. La race qui croit que la *maid* fait partie de la famille. La race qui adore dire qu'elle se fout de l'argent, qu'elle ne possède rien, quand tout ce dont elle bénéficie est engendré par l'argent.

*

C'était le jour de ma rentrée en CM2. À l'école Sainte-Marie, nous portions encore des blouses, supposées cacher les inégalités entre élèves. Je me souviens que je ne portais pas de Kickers bicolores en nubuck. Sinon, j'aurais pris soin, comme Anne Giroux, de garder l'étiquette en cuir, en forme de France, attachée aux lacets. Beaucoup de parents avaient accompagné leurs enfants, évidemment. Il y en a même qui prenaient des photos pour immortaliser ces derniers souvenirs de l'enfance.

Enfin, on avait entendu le sifflet et on s'était mis en rang. M. Perret fichait drôlement la trouille : directeur très sévère de l'école, instituteur exigeant, gardien autoritaire de la cantine et diacre à l'abbaye d'en face. Avant de nous classer plus tard selon le mérite (les meilleurs élèves dans la rangée de droite), nous avions, en ce début d'année, le droit exceptionnel de nous asseoir par affinité.

Je suis entrée parmi les derniers en classe et me suis dirigée vers la seule place libre qui trônait devant le bureau du maître. Le silence qui régnait depuis la mise en rang résonnait encore. Une fois chacun debout à côté de sa chaise et le dos bien droit, M. Perret nous fit signe de nous asseoir. Il annonça gravement qu'il était arrivé un événement très triste pour l'une de nos camarades. Je subissais, depuis ma table, son haleine de café au lait.

Il nous ordonna de nous lever et de prier en silence pour le papa d'Isabelle, qui était parti au ciel la semaine précédente. Moi, j'ai prié pour que ce moment n'existe pas. À l'époque où la publicité faisait lever tout le monde pour Danette, M. Perret faisait prier tout le monde pour mon père. Tous devaient d'ailleurs prier très fort, pour que, surtout, ça ne leur arrive pas.

J'aurais tout donné pour être Charlotte Barsac, qui était juste derrière moi en classe. Le père de Charlotte, c'était Ken. Il avait de beaux yeux et de beaux cheveux. Son sourire dévoilait de belles dents, sa voiture, un bon niveau de vie. Mes camarades devaient être dans l'embarras, avec mon histoire de père mort. J'avais bien plombé l'ambiance en ce jour prometteur de rentrée. L'avantage d'être assise au premier rang de la classe, c'était que je n'avais pas vu trente têtes blondes fixer ma nuque, pour se figurer comment ça faisait d'avoir un père mort. Comme une maladie contagieuse, je crois que certains avaient peur d'attraper la mort de mon père. Je ne me rappelle pas comment se sont passées les récréations qui ont suivi. Est-ce que Stéphanie Bouillet a proposé : « On joue à l'élastique ? » Est-ce que j'ai répondu : « Nan, viens on joue à la maman et au papa mort. »

*

Le journaliste : Le conseil que vous donnez le plus ?

La coach, experte en développement personnel, ancienne trader : Notre souffrance principale vient du hiatus entre ce que la vie nous offre et ce que l'on aurait rêvé qu'elle nous offre. La solution est simple et consiste à retrouver le paradis perdu de notre enfance. Le secret, c'est le lâcher-prise et arrêter de vouloir tout maîtriser. Et se rappeler que le soleil se lève pour tout le monde !

Moi : Notre souffrance principale vient du hiatus entre ce que la vie nous offre et ce que l'on aurait rêvé qu'elle nous offre. Je n'ai pas de solution.

*

Avec leurs bondieuseries, je me suis demandé à l'époque si ça n'était pas leur Dieu qui m'avait punie. Après tout, ce qui arrivait, j'avais bien dû le mériter. On m'avait aussi dit des âneries du genre : « C'est une épreuve que Dieu t'envoie. » Et pourquoi pas : « Heureux les affligés, car ils seront consolés. » On m'avait dit les mêmes conneries qu'un horoscope. On m'avait dit : « Courage. » Moi, je dis courage à une amie qui passe le dimanche avec ses beaux-parents. Je dis courage à celui qui est dans l'effort, mais pas dans le chagrin. En quoi le deuil a-t-il à voir avec le courage ? Faire avec sa peine ne passe pas par la fermeté, l'ardeur, la volonté ou la force morale qu'évoque le mot « courage ». Le courage, c'est les Chiliens qui se soulèvent. Les drames rendent-ils plus courageux ? On aime dire que c'est dans les moments difficiles que l'on se révèle. Va savoir. Quand il n'y a pas de mots, peut-être qu'il ne faut rien dire et faire des offrandes de Pailles d'Or.

*

Je déguste des lanières de potimarron grillé et ses haricots coco à la vinaigrette parfumée au kumquat et *Houttuynia cordata* ciselée, un filet d'ombre poché au bouillon d'automne et son jus au sucre noir, le tout accompagné d'un château-barsac 2016, pour finir par un biscuit tiède au chocolat du cacaoyer criollo. Promis, ce n'est pas le fruit d'un délire alcoolique. C'est bien ce qui est écrit sur le menu.

Je fais la liste des spécialités taïwanaises connues à ce jour. La salsepareille que Peyo fait manger aux Schtroumpfs, les Taïwanais la boivent. Ils boivent aussi du jus d'asperge. Le riz et le tofu dur, mou ou fermenté constituent la base des repas. Et en vrac, omelettes aux huîtres, nouilles, *baozi* fourrés, saucisses, caramboles, litchis, goyaves, mangues, papayes, bananes et jamboses, thé oolong, *xiaolongbao*, tilapia, soupes de vermicelles aux huîtres, bouillons aux boulettes. Boulettes de riz glutineux farcies et enveloppées dans des feuilles de bambou. Et le durian ! Un fruit en forme de gros hérisson jaune-vert qui sent très fort le vomi. Ici, on l'appelle *roi des fruits*.

À 12 h 12, heure taïwanaise, je trinque au wifi dans l'avion et à l'envoi de ma deuxième consigne. Et qui dit 12 h 12 dit faire un vœu. C'est toujours bon à prendre l'occasion de faire un vœu. Faites que le voyage se passe bien, que ma mère se réveille et que l'auteur aime mon texte.

*

Je suis née en 1971, après Guillaume en 70 et Nicolas en 69. Ensuite, ma mère, alors âgée de vingt-deux ans, a voulu prendre la pilule, parce que trois enfants suffisaient, déjà qu'elle n'avait désiré aucun de nous, en tous les cas, pas si jeune.

J'avais trois ans quand la tumeur de mon père a commencé à se développer. J'ignore mon âge quand elle fut diagnostiquée. La *tu meurs* portait bien son nom puisqu'il est mort, l'année de mes dix ans. Mon père avait trente-six ans. À l'école privée et catholique – c'était l'école la plus proche –, l'année de CM1 avait déjà été limite avec la confection de l'étui à peigne pour la fête des pères. Bonne fête papa, désolée, c'est un peu étroit pour y ranger ta perruque.

À l'enterrement, les yeux de ma mère faisaient aquarelle, sans nous. Il paraît que ce n'était pas la place des enfants. Voilà pour mon enfance, une enfance que personne n'enviait. Une enfance où j'ai détesté Anne Sylvestre, ses paroles diabétiques, ses mots merveille ses mots douceur ses mots câlin, ses chansons dans lesquelles on est triste parce qu'on voudrait tellement un chien.

L'avantage, c'est qu'après on a pu partir en vacances.

*

C'est le voyage qui compte, pas la destination. Mais quand même, si je pouvais aller ailleurs qu'au coma de ma mère.

*

Le jour de la rencontre avec l'auteur, Le Rendez-Vous, comme il l'appelle, je serai en France. Je me réjouis à l'idée de pouvoir rencontrer Gaspard tout en réprimant l'émotion de l'épiphanie. Appelons ça un bénéfice secondaire. *À quelque chose, malheur est bon.* Je me sens monstrueuse. Je me sens légèrement monstrueuse.

*

Je franchis la porte du café.

– Isabelle ?

Oui, c'est Isabelle Loulou, c'est moi. Dis-je en passant la main dans mes cheveux, le regard étonné que l'auteur me reconnaisse alors qu'on ne s'est jamais vus, tandis qu'une grand-mère joue au loin *La Pavane* Cacharel opus 50 de Gabriel Fauré.

*

Bien sûr, il y a pire que d'avoir eu, enfant, un père malade, puis mort. J'ai déjà plusieurs fois fait des listes dans ma tête :

- un père violeur ;
- un père Josef Fritzl, violeur et incestueux ;
- un père légume, genre AVC mal récupéré ;
- un père inconnu ;
- un père Éric Zemmour ;
- un père violent ;
- un père en prison ;
- un père assassiné.

Mais il y a aussi mieux :

- le père de mes filles ;
- un père vivant ;
- le père de Charlotte Barsac ;
- un père qui a eu le temps de voir grandir ses enfants ;
- un père qui écoute Brassens ;
- un père dont on se souvient.

*

Quelles sont les motivations d'un auteur pour animer un atelier d'écriture ? J'ai listé :
- intérêt pécuniaire évalué à 70 % ;
- flatterie de l'ego, 20 % ;
- vivier de nanas, 9 % ;
- envie de transmettre, 1 %

Une évidence, les auteurs ont besoin d'être aimés. Mais pas seulement, ils ont besoin qu'on vienne leur dire en dédicace, qu'on leur écrive sur les réseaux sociaux ou par courriers personnels. Les auteurs aiment être léchés. Le Rendez-Vous a précisément été organisé pour ça : une fellation collective à l'auteur.

*

Je déteste le collectif, ça me rend paranoïaque. J'ai l'impression que tout le monde peut lire sur mon front que je suis une supercherie. J'ai le complexe de l'imposteur. Je suis un Canada Dry. J'ai tous les attributs de la classe bourgeoise, mais je n'en suis pas issue. Je compte parmi les transfuges. L'expatriation a exacerbé ce sentiment. Stockholm fut la première véritable expérience. Mais je l'avais ressenti bien avant : vouloir en être, comme une revanche, et le redouter, comme un mensonge. La peur d'être démasquée. Du coup, j'anticipe, je corrige le tir. Ma tendance misanthrope fait son lit un peu plus chaque jour.

Ce matin où toute la classe a prié pour le salut de mon père a cristallisé ma détestation du troupeau de fidèles, dont je n'aime ni l'effet de groupe, ni le fait religieux. On me trouve libre et pourtant je suis pétrie de la peur du jugement des autres. J'ai un déficit d'estime de moi. J'abandonne très vite. Je ne prends pas toujours la vie du bon côté. Je caricature facilement les optimistes en *ravis de la crèche*. Je vis avec mes frustrations, un peu loin de ceux que j'envie, ceux qui réalisent leurs désirs. J'ai les nuits inquiètes. J'ai souvent le sentiment d'être moins que les autres. Moins intelligente, moins cultivée. Comme en algèbre, deux moins se transforment en un plus. Plus complexée.

*

Canada Dry, ça ressemble à de l'alcool, c'est doré comme l'alcool, mais ce n'est pas de l'alcool.

*

Avant d'avoir eu un père mort, j'ai eu un père malade. J'ai finalement peu de souvenirs. Une crise d'épilepsie par-ci, un retour de radiothérapie par-là. Des visites à l'hôpital, où mon père n'était plus vraiment mon père, mais un corps malade et attaché dans un lit équipé de barrières relevées sur les côtés afin qu'il ne tombe pas. Les rôles étaient inversés, je donnais la becquée à mon père et l'infirmière me félicitait. Parfois, je pense même que je donnais la becquée à mon père pour que l'infirmière me félicite.

Un jour, il était venu me chercher à la sortie de l'école, pour me faire une surprise. Il n'avait déjà plus de cheveux et ne portait pas toujours sa perruque. Il était venu à pied, parce qu'il n'avait plus le droit de conduire. Il avait surpassé sa fatigue et attendait *à l'heure des mamans*. Ce fut bel et bien une surprise. Chauve de chimiothérapie, il me souriait derrière le portail encore fermé. Il avait les mains vides. Je lui en voulais d'être là, malade et l'air malade. Je lui en voulais de me faire rentrer à pied et de ne pas m'avoir pris de quatre heures. J'observais ces mamans qui avaient à la main des goûters que je trouvais très chic. Comme les pains au lait accompagnés d'une barre de chocolat au lait supérieur, enveloppée individuellement dans un joli papier sur lequel était dessiné un éléphant, la trompe levée. Je regardais ces mamans en tenue de tennis, leurs baskets orange de terre battue. Les mêmes qui partaient à la mer l'été et l'hiver à la montagne. J'ai découvert les codes tôt. Plus exactement, j'ai découvert tôt que je n'avais pas les codes.

*

Renouer avec :

- le paradis perdu de l'enfance ;
- sa tendre enfance ;
- l'innocence de l'enfance ;

- les vertus de l'enfance ;
- l'émerveillement enfantin.

Des expressions qui me sont aussi insupportables que « nos chères têtes blondes ».

*

Je découvre un mail de Gaspard. Mais ce n'est pas le retour sur mon texte. Je suis déçue. Il nous fait suivre un échange qu'il a eu avec une participante qui lui a posé une question prétendument intéressante. Il a donc des échanges privilégiés avec d'autres. Et lui, l'auteur, il n'en peut plus qu'elle lui suce la bite avec ses *Bien à vous*. Ouais, apparemment, on peut tailler des pipes par mail. Lui, il écrivait *À vous*. Et pourquoi pas *Sur vous* tant qu'on y est ? Elle, elle surenchérirait d'un *Bien à cheval sur vous*. Bref, la question portait sur l'utilisation des parenthèses. Elle avait décliné son curriculum vitae (elle aurait pu virer *curri*, *um* et *vitae*, serait resté cul, comme sa croupe qu'elle lui tendait, offerte) : *J'ai vécu dix ans en Californie*. Mon Dieu, le hasard faisait bien les choses, notre auteur y avait vécu justement, en Californique !

Bon, j'avoue, je suis jalouse. Et je comprends, ça choque. La sororité, tout ça… Mais la sororité tout ça, pour moi, en émoji, ça serait une belle paire de parenthèses ( ).

*

On ressent des turbulences, bientôt confirmées par une hôtesse qui nous demande de regagner nos sièges et d'attacher nos ceintures. Je ne sais pas ce que je déteste le plus, les tremblements de terre ou les turbulences aériennes. Je saisis mon ange gardien Playmobil.

Si ça se trouve, mon père à l'instant, est en train de me dire : « Icare, comme d'habitude, tu n'as pas brossé tes cheveux ce matin. »

Pourvu que je ne tombe pas dans la mer.

*

J'adore quand la chef de cabine parle dans le micro qui est un téléphone, en ne posant jamais le combiné contre l'oreille. Je crois que je suis bourrée, 6 sur l'échelle de Glasgow.

*

Je suis accusée du délit de tristesse. Je relis ma convocation indiquant l'heure de l'audience. Je serre ma carte d'identité entre mes mains comme un croyant son missel. Les portes s'ouvrent. Je laisse passer les avocats et je me présente à l'huissier vêtu d'une robe sans écharpe. La sonnette a retenti, je me dresse comme tout le monde. Ils sont trois. Le juge et le procureur arborent la même robe noire à grandes manches et une écharpe en fourrure. L'audience est ouverte : Vous pouvez vous asseoir. À l'appel de mon nom, je me lève. Je suis à la barre du tribunal, sous serment.

Je suis accusée de déni de tristesse. Mon avocat me conseille de plaider coupable. Il pense que la peine encourue sera moindre. Délit, déni. Je confonds les deux mots. L'avocat demande un acquittement :

– Les faits remontent à longtemps. Ma cliente était mineure.

– Non monsieur, mineur, c'est quand on travaille au fond de la mine pour extraire le granit qui constitue la tombe du père de votre cliente. D'ailleurs, depuis qu'elle est majeure, elle n'a plus jamais remis les pieds au cimetière. Mais bon, *Loin des yeux loin du cœur* n'est pas un article de loi. Sur le plan *peinal*, ce qui est reproché à votre cliente, c'est d'avoir commis un déni de tristesse.

Se tournant vers moi :

– Vous comprenez, madame ?

*

La journaliste : Êtes-vous restée proche de votre enfance ?

L'autrice : J'ai la nostalgie des émotions sublimes qui prennent racine dans l'âge tendre, quand on éprouve tout en « jamais » ou en « toujours ».

*

Je relis ma convocation. Oui, je suis encore convoquée. Je serre ma carte d'identité entre mes mains comme une alcoolique sa troisième vodka (classe Business mon amour). Les portes s'ouvrent. La sonnette retentit, j'ai du mal à me lever. L'audience est ouverte : Vous pouvez vous asseoir. À l'appel de mon nom, je me lève aidée de mon avocat.

Je suis accusée de ne jamais me rappeler la date de mort de mon père. Je suis également accusée de ne pas me souvenir de son anniversaire. Mon avocat, devenu nain et noir, me conseille de plaider coupable. Il pense que la peine encourue sera moindre. Coupable, capable. Je confonds les deux mots. L'avocat invoque une amnésie post-traumatique. Le procureur ricane et brandit l'article 3 du code *peinal* : *Nemo censetur ignorare diem.* Les orphelins Simba et Bambi me soufflent que c'est du latin qui veut dire : « Nul n'est censé ignorer la date. »

*

Je me réveille, engourdie et migraineuse. Le positif, c'est que j'ai dormi cinq heures d'affilée. Je regarde le trajet en direct sur mon écran, il reste deux heures trente et nous ne passons pas du tout au-dessus de la mer. Au pire, on s'écrasera, mais on ne coulera pas. 3 sur l'échelle de Glasgow.

*

Les décès, c'est comme les crashs d'avion. On ne peut pas s'y préparer. Je n'ai perdu personne de cher depuis l'enfance et je ne me souviens pas de la peine que j'ai eue. J'ai peur que ça arrive de nouveau et que ça me dévaste.

Sophie, le jour de ses quarante ans, s'était dit que la vie allait dorénavant lui réserver plus d'enterrements que de mariages. Statistiquement, plus on vieillit, plus on augmente le pourcentage de se confronter au deuil. *To crash/crashed/crashed*, verbe régulier.

*

J'envoie un mail à Gaspard pour annoncer ma venue au Rendez-Vous. Je ne temporise pas avec des peut-être. Je dis que je serai là.

*

Mes parents étaient les concierges du collège public de la petite ville de province où nous habitions. Nos genoux ne connaissaient pas les prie-Dieu le dimanche matin. Nous n'avions pas de carte de bibliothèque. Nous n'arborions pas la Troisième Étoile de ski sur le revers de l'anorak au retour des vacances de février. Nous, c'était niveau Flocon en estime de soi, sens de la vie et sécurité de classe. L'école privée Seins-de-Marie, comme nous l'avions rebaptisée avec mes frères, m'a fait ce que la *telenovela* brésilienne fait dans les favelas péruviennes : huit ans de placements de produits, de bon goût et de codes à décoder. Mais il y avait aussi des fratries morve-au-nez. *Reconnaître ses pauvres à soi*, les Pinet par exemple. Dernier rang en classe, vêtements élimés et têtes-à-poux. On est toujours le nanti de quelqu'un. Moi, je portais des vêtements propres et je travaillais bien à l'école. On pouvait suivre du doigt les sillons tracés par le peigne dans mes cheveux.

*

La réaction de Gaspard est instantanée. Gaspard s'est enflammé, il faut que je tienne bon. Je retiens mes doigts sur le clavier. Il ne faut rien précipiter. Et surtout ne pas sous-estimer mon taux d'alcoolémie. Il se dit curieux de ma vie et propose qu'on se retrouve, lui et moi, après Le Rendez-Vous.

Partir en vrille et répondre précipitamment pourrait tout gâcher. Ça se joue à la virgule près. C'est bien là toute la subtilité de la séduction épistolaire. La ponctuation, les mots, comme le rouge à lèvres, s'il y en a trop, ça coupe l'envie d'embrasser.

*

La journaliste : Quel a été le déclencheur ?

La jeune actrice, définie comme *l'affranchie* par le magazine : C'était là depuis l'enfance… J'ai joué pour la première fois à sept ans dans un film de mon père, et j'ai tout de suite compris que j'étais à ma place.

J'aurais voulu être serveuse. Tenir un carnet d'une main, et de l'autre noter combien de plats du jour pour la 4. Ces métiers qui nous font rêver enfants, pour un seul geste parfois. Médecin, c'était pour la rédaction de l'ordonnance. Quand elle se faisait encore à la main, d'une écriture pressée à l'encre noire. Maîtresse, pour le tableau. Secrétaire, c'était pour la machine à écrire et la perforeuse. Je n'ai jamais rêvé de devenir concierge.

*

Le plafond de verre.
Le plafond de mère.
Le plafond de père.

*

Semi-orpheline et fille de concierges, j'étais pas partie pour finir dans mon magazine féminin, à la page *En compagnie de.*

*

Je fais le tour des mots qu'il m'a écrits depuis le début. Si ça se trouve, il les écrit en série, à tous les participants. Il a trouvé mes entrées variées, douces-amères, fermes et expressives. À croire qu'il parlait d'autre chose. Et cette fois-ci, il dit de ma chute qu'elle est « très émouvante », et il finit d'un « Chère Isabelle, à vous, avec enthousiasme. »

Comment peut-on s'imaginer que de l'autre côté de la terre, de l'écran, comment peut-on s'imaginer une seule seconde que le sexe de la femme qui lit ça, à qui l'on écrit ces mots-là, comment peut-on penser une seule seconde qu'il reste sec, ce sexe. À ce moment-là, je ne me dis pas que j'ai un avenir en littérature. Ni que Gaspard est en train de m'adouber écrivain chevalier. Non, rien de tout cela, je me dis qu'il m'excite. Je me sens désirée et caressée. Oui, caressée. *Chère.* Mais vas-y direct mec, écris-moi *Chair.*

*

Sur l'échafaud de mes peurs :
- la mort de ceux que j'aime ;
- la mort ;
- la maladie ;
- l'avion ;
- les tremblements de terre ;
- avoir peur ;
- valoir moins qu'une autre ;
- avoir moins qu'une autre.

*

À force de miser sur l'avenir, c'est le présent qui s'obscurcit… Essayez donc de profiter des joies simples qui sont présentes ici et maintenant sans trop vous poser de questions. C'est clairement une effervescence mentale qui vous assaille de ses tourments et vous fait perdre du temps. Vers le 13, tentez l'aventure. Un voyage peut se changer en magie.

Je suis en avance sur mon horoscope pour le voyage. C'est dingue comme j'ai envie d'y croire.

*

Les auteurs qui animent des ateliers d'écriture devraient prêter serment. Quoi que.

*

Il y avait des périodes de rémission, des dimanches d'été où nous allions pique-niquer, la glacière dans le coffre de la Simca 1100 bleue. Les sièges recouverts de similicuir noir nous brûlaient les cuisses. L'attribution des places sur la banquette arrière faisait l'objet de disputes entre mes frères et moi. Aucun de nous ne voulait la place du milieu, chacun aimant s'accouder à la portière et regarder par la fenêtre. La ceinture ne deviendrait obligatoire à l'arrière qu'en 1990. Mes parents ne fumaient pas, je ne connaissais pas ma chance d'échapper aux trajets nuageux et suffocants que d'autres enfants de ma génération subissaient. L'époque ignorait les méfaits du tabagisme passif. Le cow-boy Marlboro était séduisant. La publicité était devenue un phénomène culturel. Je désirais comme tous les enfants ce qu'elle augurait de bonheur. La SNCF nous disait que c'était possible et Herta de ne pas passer à côté des choses simples, alors que la promesse d'accorder le droit de vote aux étrangers pour les élections locales n'était pas tenue. Je ne sais pas si mes parents comptaient parmi les heureux électeurs de Mitterrand.

L'année où Yves Mourousi annonçait au journal télévisé l'abolition de la peine de mort votée à l'Assemblée nationale, j'étais déjà couchée. Mon père était décédé depuis quelques jours.

*

J'aurais aimé être bercée à *Radioscopie.*

*

Mon père, vers la fin, résidait dans une espèce de maison de repos, le cerveau en champ de bataille, les barrières de son lit relevées. Ma mère lui rendait visite tous les jours, nous, je ne sais pas. Il ne venait plus à la maison. Ou une demi-journée, un dimanche de fête, comme un invité que l'on recevait avec beaucoup d'attention. Je n'ai aucune belle photo de mon père et moi. Sur l'une d'elles, il porte sa perruque. Sur une autre, son visage émacié et son crâne apparent trahissent un épuisement thérapeutique. Mais il y a cette photo. Lors d'un repas de famille, mon frère Nicolas, assis sur les genoux de notre père, a mis la perruque. Tout le monde rit.

*

La journaliste : Quel livre vous a accompagnée à la mort de votre père ?

L'autrice : Je me suis un peu consolée avec *Ulysse* de Joyce.

Moi : Arf ! il y en a plusieurs : *Oui-Oui décroche la lune*, *Oui-Oui part en voyage*, *Oui-Oui a perdu son bonnet*.

*

Il y a des morts, on se demande à quoi elles servent. À chaque fois que je vois des gens connus écrire sur leur père mort, ou des gens inconnus écrire sur leur père connu, c'est quasiment toujours pour évoquer un homme fort et formidable, qui a laissé une trace, des valeurs, des livres, une œuvre, une parole, un engagement. Il y a des morts, on se demande quoi en dire. Il y a des morts qui ne sont pas héroïques et des morts qui ne sont pas des héros. Mon père n'a pas fait avancer la recherche, mon père n'était pas un artiste, pas un intellectuel, pas un militant engagé. Il y a des morts qui continuent à vivre après leur mort. Il y a des morts qu'on exploite aussi. J'ai gardé sa canadienne, que j'ai portée toute ma première année de lycée. Je nageais dedans. Elle était couleur camel, avec un col amovible en fourrure de mouton et des boutons grelots en cuir fauve, élimés. Je ne sais pas ce qu'elle est devenue.

*

Pendant le vol, je ne suis pas allée discuter avec Ludovine Préboist de la Prostate, mais en sortant de l'avion, elle m'a lancé qu'on aurait l'occasion de se voir à Taipei. J'ai souri, mais je me suis demandé pourquoi elle se sentait obligée de créer du lien. Est-ce par convenance sociale, pour étoffer son réseau, ou bien pense-t-elle vraiment que chaque rencontre comporte une promesse à venir ?

Je la regarde attendre sa valise. J'ai à nouveau le sentiment d'avoir neuf ans et que c'est l'heure des mamans. Devant le tapis des bagages en branle, je me dis qu'être expatriée, c'est un peu retrouver les auteurs de ma honte. Je file prendre mon train, encore vaseuse. Il est minuit et demi passé, heure taïwanaise.

*

Je me demande si transclasse, ce n'est pas plus compliqué que transsexuelle.

*

Aucun retard n'est annoncé pour le TGV de 17 h 45 direction Montbard. En gueule de bois mais surtout soulagée, me voilà revenue les pieds sur terre. J'entends parler ma langue. Je comprends ce que les gens disent. C'est globalement agréable. Sur le quai de la gare, un pigeon picore non loin de mes pieds. Une femme téléphone, inquiète. Elle demande à son interlocuteur le numéro de quelqu'un. Elle attendra à Dijon, précise-t-elle. On attend tous quelque chose. On croit que l'attente est une particularité de l'enfance, puis de l'adolescence, mais non. On attend tout le temps. On est tous des personnages de Hopper. L'attente d'un texto, d'une réponse, de l'arrivée à destination, de la fin du voyage, des invités, que les enfants grandissent, du soleil, de la pluie, d'une grossesse, du premier pas, que ça fasse moins mal, que l'envie de fumer passe, que le désir revienne, que le feu passe au vert, la fin des travaux, la mort, de tomber amoureux, qu'il revienne, d'un geste, d'un regard, d'un rendez-vous, qu'il arrive. Attendre d'être seul, attendre un merci, attendre une lettre, attendre le bon moment, attendre des excuses, attendre de savoir, attendre que ça passe. On attend en mouvement, immobile, rationnellement ou pas. Il y a beaucoup de façons de vivre l'attente. Beaucoup de façons de la dire aussi : espérer, suspendre, surseoir, s'attarder, moisir, faire la queue, le pied de grue ou le planton, faire tapisserie ou prendre racine.

Lundi 9 septembre

Je me suis réveillée comme prévu, la gueule de bois et la boule au ventre. Je veux revenir à avant ou aller directement à après, je ne sais pas trop. Je n'ai envie de rien sinon d'une absence de soi. Rester sous la couette et m'en faire un tipi. Nier la réalité. La fenêtre ouverte, ne communiquer que par la fumée du calumet. Porter une coiffe faite de plumes d'oiseaux. Chaque plume symboliserait une absence de courage. Faire l'autruche, parée de plumes de pigeon.

*

C'était la fin des vacances scolaires. Ma mère avait repris le travail et j'étais à la maison avec mes frères. Je crois que je vidais le lave-vaisselle quand le téléphone a sonné. À cet âge-là, on adore répondre, on ne sait pas que les mauvaises nouvelles peuvent arriver ainsi. Le téléphone était filaire, dans l'entrée. Une infirmière s'est présentée et m'a dit que c'était au sujet de mon papa. En fait, je ne sais plus ce qu'elle a dit, mais j'ai compris que mon père mourait. Ensuite, ce dont je me souviens, c'est que j'ai couru dans ma chambre et j'ai prié. Je priais et je me rendais compte que ça sonnait faux. Le reste, black-out.

Quand autour de moi quelqu'un perd son père, je me dis : Ah tiens tu vas voir comment ça fait. Mais en vérité, j'ai oublié comment ça fait.

*

J'ai donné à mes enfants un père fort, un père décidé et pas décédé. Est-ce que ça s'appelle une vie par procuration puisque mes filles vivent la vie que je rêvais d'avoir enfant ? La sécurité intérieure, les affaires étrangères, les armes, l'argent, la culture, à peu près tous les ministères réunis en fait, sauf celui de l'agriculture.

*

Aujourd'hui, je déteste le téléphone, je ne réponds pas aux numéros inconnus.

*

Hier, en arrivant chez ma mère, j'ai trouvé les clés cachées sous le pot de fleurs à l'entrée de la maison. Je ne suis pas rentrée, pas tout de suite. J'ai d'abord posé mes fesses sur le muret et temporisé en fumant une cigarette. Pour la première fois, je fumais une cigarette chez ma mère, puisque j'ai toujours fumé en cachette. Dire que j'en avais rêvé. J'allais être bien seule pour la peine.

Guillaume et sa femme sont sur un cargo pour Vila do Conde au Brésil. On a convenu avec Nicolas qu'on ne le préviendrait pas, pas encore. On pourrait envoyer un mail au capitaine du cargo, notre seul moyen de lui faire passer la mauvaise nouvelle. Trente ans que Guillaume rêvait de faire cette traversée en mer. On ne va pas tout gâcher. On va attendre. Nicolas, lui, a dû repartir dès la fin de l'après-midi. Il ne vit qu'à six cents kilomètres à vol d'oiseau, mais il lui faut treize heures pour les parcourir à terre et à mer. Nicolas vit en Corse. Il ne sait pas encore quand il pourra revenir. On s'est dit que c'était mieux de se relayer dans un premier temps.

*

Je regarde les photos épinglées sur le pêle-mêle en liège au-dessus de mon lit. Sur l'une d'entre elles, nous posons sagement, les mains derrière le dos. Guillaume à gauche, Nicolas à droite et moi au milieu. La photo n'est pas bonne. La photo n'est pas gaie. Pourtant, nous posons devant un sapin de Noël. Un sapin décoré de guirlandes et de boules rouges. Elle doit dater de décembre 1977 ou 78. Nous portons les habits du dimanche. Nous sommes dans le logement de fonction dont nous avons la chance de bénéficier. Mes parents ont eu la chance d'être fonctionnaires. La sécurité de l'emploi, c'est un sacré privilège. Est-ce que la petite fille d'alors a conscience qu'une épée de Damoclès est suspendue au-dessus de nos têtes, comme l'étoile au sommet du sapin ?

Je porte un chemisier blanc dont le grand col arrondi en fausse dentelle déborde sur un gilet sans manches, en laine bleu marine. Nicolas, qui ne sourit pas, souffre trois couches : un col roulé blanc, une chemise à carreaux dans un style écossais et un débardeur beige en laine. Guillaume, en symétrie, revêt le même uniforme. Mes cheveux sont courts. Ma mère, à l'époque, coupait nos cheveux, cousait nos vêtements et tricotait les pulls. C'était par souci d'économie. Elle a arrêté assez vite, parce que ça n'en valait plus le coup. On trouvait au supermarché des habits qui revenaient moins cher que l'achat de tissu ou de laine.

À droite sur la photo, une commode accueille l'énorme poste de télévision des années 70. Sur le poste trône un cendrier noir à poussoir, en forme de chaudron. Personne n'a jamais fumé à la maison. Ça devait être pour les invités. Pourtant, on n'en avait pas beaucoup d'invités, dans mon souvenir.

Mon frère Guillaume a l'air triste, quand je me trouve l'air malicieux. La photo a jauni. Je n'ai aucun souvenir heureux avec mon père. Ma mémoire a censuré cette partie de mon histoire. Tabou. Nous n'en parlons ni avec ma mère, ni avec mes frères. La tumeur a modifié sa personnalité très tôt. Les médecins avaient expliqué qu'elle appuyait sur une partie du cerveau et le rendait différent. En tout cas, mon père semblait prendre les photos autrement qu'en centrant les protagonistes dans le cadre.

Plus je regarde la photo et plus j'éprouve de la tristesse pour ces enfants. La même que pour les parents de ces enfants, qui, eux, savaient ce qui se tramait. Mes parents ignoraient tout de Pernoud et Dolto. Ils pensaient que ne pas dire, c'était épargner. Je les imagine tous les deux devant nous, qui prenons la pose des enfants sages. Finalement, je comprends que c'est le sapin qui est le point central de la photo, arborant son étoile dorée sur la cime. Comme un présage que ça sentait le sapin et qu'il allait falloir croire en sa bonne étoile pour continuer malgré tout.

*

Je suis un moignon. Je suis l'extrémité d'un membre amputé. Et mon père est le membre fantôme. Il paraît que, dans soixante-dix pour cent des cas, la sensation fantôme reste douloureuse même vingt-cinq ans après la perte d'un membre. En fait, je ne suis pas un moignon, j'ai un moignon, et j'ai finalement la chance de n'en avoir qu'un. Il y a des personnes qui sont mutilées plusieurs fois. Le membre fantôme est par définition invisible. Comme la honte, le membre fantôme n'est pas une émotion repérable à l'œil nu. Elle ne provoque aucune expression physique, pas même un rictus. Les gens qui n'y prêtent pas attention peuvent ne pas voir un moignon, encore moins un membre fantôme.

*

Je déteste prendre la pose pour les photos.

*

Quitter la maison de ma mère et m'installer au volant de la voiture de ma mère pour aller la voir à l'hôpital a quelque chose d'étrange.

*

J'entre dans une église comme dans un musée, avec, comme avantages, la gratuité et la possibilité de s'y asseoir. J'y vois un lieu de culture et non de culte. Ou alors un lieu de culte au pluriel à l'image des temples taïwanais qui acceuillent plusieurs dieux. Moi, je viens pour le dieu du vœu. J'allume une bougie. Il m'est arrivé de payer avec des devises étrangères. Je m'adresse ici aux bonnes du curé : les couronnes suédoises dans la tirelire des bougies, c'est moi. Et bientôt, les dollars taïwanais. Mais pour ma mère, je suis allée formuler mon vœu dans l'abbaye juste en face des Seins-de-Marie. Je l'ai payé avec des euros. Je ne veux prendre aucun risque.

Lundi 16 septembre

Une semaine s'est écoulée depuis mon arrivée. Ni la météo ni mon horoscope n'avaient annoncé la perturbation qui a traversé mes joues du nord au sud. C'est simple, on aurait dit qu'il ne me restait plus que mes yeux pour pleurer.

*

« Bonjour maman. » Je m'entraîne à haute voix. Je module. L'objectif, c'est de bouter l'ennemi hors de mon territoire. Se soustraire à l'émotion et conjurer la trahison d'un vibrato. « Bonjour maman » au feu rouge. « Bonjour maman » au stop, « Bonjour maman » au cédez-le-passage. Il paraît que c'est important de parler aux personnes dans le coma. L'infirmière dodue, qui est l'incarnation d'un personnage de Fernando Botero, n'arrête pas de me le dire. De quoi va-t-on parler ? De quoi vais-je lui parler ? J'ai peur que ma mère souffre. J'ai peur de ne pas savoir demander aux médecins les bonnes informations. J'ai peur de ne pas comprendre les informations des médecins. En bon ingénieur, Nicolas m'avait fait un résumé de la situation. Mais lorsque j'avais raccroché, ce n'était plus clair du tout.

*

Cherche fille courageuse pour parler à sa mère.

*

Je me gare au parking P3 et puis je marche. Je connais le chemin maintenant. La première fois, je m'étais perdue. Le centre hospitalier m'avait fait l'effet d'un labyrinthe, dont ma mère aurait été le centre. En général, lorsque je demande mon chemin et qu'on a la gentillesse de me l'indiquer, je ne retiens rien. J'entends le début seulement, « prenez à droite », par exemple, et puis ensuite, je n'écoute plus. Mon attention se porte sur les yeux que je trouve en amande ou les mains poilues à l'endroit des phalanges qui s'articulent pour mimer la direction à droite ou le prochain croisement. Quand j'essaie de reprendre le fil, il est trop tard pour comprendre.

*

Ne demande pas ton chemin à qui le connaît, mais à celui qui, comme toi, le cherche.
Edmond Jabès

*

L'entrée de l'hôpital, c'est bien souvent la cour des Miracles. Celle-ci n'échappe pas au lieu commun. Je m'y pose depuis le premier jour pour fumer des cigarettes. Il y a une unité psychiatrique indiquée par un panneau blanc. Il me semble que c'est la destination la moins flippante. Toutes les autres indications sont terrorisantes. La maternité pourrait sembler joyeuse. Mais avoir peur pour un troisième enfant, non merci. Si je jouais à *T'es obligée de choisir un service où être hospitalisée*, j'irais sans hésiter en psychiatrie. D'ailleurs, j'ai remarqué un échappé du bocal, qui va et vient. Au sens propre : il fait les cent pas, d'un rythme saccadé. Je l'observe depuis une semaine. Aujourd'hui encore, il parle d'un entretien avec M. Chaintreuil à qui il cède son héritage, et ponctue ses phrases du mot « voilà ». Ce que je fais dans l'intimité de ma voiture, il le produit en public. Sa voix est belle et théâtrale. Il marque des temps de pause, comme s'il écoutait attentivement quelqu'un lui répondre. Est-ce une folie protectrice ? Ne devient pas fou qui veut. Avant, c'est l'angoisse qu'on appelait la « folie du doute ».

*

Une tête de Kiki sur le corps de Baloo. On ne peut trouver meilleur réconfort en ouvrant la porte d'une chambre d'hôpital. Depuis deux jours, le kinésithérapeute vient masser ma mère. Corpulent, il fait un bon mètre quatre-vingts. Les cheveux noirs et frisés, il a de grandes oreilles. À l'une d'elles pend un anneau argenté, dont je sais qu'il déplairait à ma mère. J'ai l'impression qu'il va entonner « Il en faut peu pour être heureux » et que, ma mère et moi, nous allons suivre Kiki Baloo dans les couloirs, remuant le popotin et oubliant les soucis qui nous ont menées ici. Il n'en est rien. Il masse ma mère. Se dégage de lui douceur, gentillesse et humanité. Rien que ça. Il a des mains d'ours. De très belles mains, mates, aux ongles bien dessinés. Il me sourit et je lui souris en retour. Je pleure un peu aussi. La gentillesse est un cadeau auquel on ne pense pas assez.

Il est assis délicatement sur le bout du lit. Le matelas flanche légèrement sous son poids. Depuis la chaise en skaï où je me trouve, près de la fenêtre, j'ai envie qu'il me touche moi aussi. Je désire ses mains sur ma peau. Dans cette chambre de l'unité 33, j'imagine que Kiki Baloo m'étreint. Il croise mon regard et me tend un mouchoir. Je dois à peu près ressembler à la fille attablée dans *L'Absinthe* de Degas.

Il annonce à ma mère qu'ils ont bien travaillé et qu'il reviendra demain, à la même heure. Il me sourit encore avant de sortir. Je regarde ma mère. Si on lui avait dit que sa fille imaginerait des plaisirs tangibles sur son lit de coma. J'observe son visage. Elle semble apaisée. Une virgule à la commissure des lèvres lui donne une expression incertaine. Ta mère la Joconde dans le coma !

*

Je vais reprendre l'atelier d'écriture. Gaspard m'a proposé de rendre mes textes quand je le pourrai. Nous

nous écrivons sous les mêmes latitudes ; écrire le jour à la nuit, en décalage horaire, c'est fini. Nous nous écrivons à la bonne heure depuis qu'il m'a demandé quel était mon métier et mon rapport à l'écriture. Gaspard est alors devenu mon correspondant et mon échappatoire. Mes *Merci pour votre message cher Gaspard* en écho à ses *Merci pour votre message chère Isabelle.* Comme des partenaires, nous dansons avec le poids des mots de l'autre. Nous dansons le jour et la nuit. Gaspard dort peu et moi, comme on sait, j'ai les nuits inquiètes. Parfois, je peux sentir sa main épouser le bas de mon dos. Le plus beau pas de danse fut son *Et mes réponses entre vos lignes.* Une valse ? Un tango ?

*

Ce soir, j'ai regardé une émission avec Modiano. Cette douceur ; lui non plus il ne termine pas ses phrases.

*

Le tango est une danse de bal qui se danse à deux. C'est une danse d'improvisation, au sens où les pas ne sont pas fixés à l'avance pour être répétés séquentiellement, mais où les deux partenaires marchent ensemble vers une direction impromptue à chaque instant. Le Cabeceo *désigne la manière traditionnelle, délicate et discrète, d'inviter un(e) partenaire à danser, en réponse à son interrogation ou appel par le regard, la* Mirada.

Source : Wikipédia.

Mardi 17 septembre

Depuis hier, je ne pleure plus. Je crois bien que j'ai pleuré pour tout à la fois, pour avant et pour après. Une larme pour maman, une larme pour papa, une larme pour ne pas être tout à ma peine. Une soupe de larmes.

*

Le docteur Bernardin me parle et j'ai le sentiment qu'ils sont plusieurs à s'entretenir devant moi. Nous sommes pourtant seuls dans ce couloir hospitalier. Et le temps de me dire que les mots « hospitalier » et « hospitalité » partagent la même racine latine, sans pour autant en partager ni le sens ni le ressenti, je suis perdue. Perdue dans ses narines. Je suis plus petite que le docteur Bernardin. Il me regarde de haut et moi d'en bas. Quelques poils inégaux dépassent de ses cavités nasales. Il a dû être beau et svelte avant les soixante-cinq ans que je lui donne. Il est bedonnant maintenant. La chevelure encore fournie, blanche et altière. Les joues mafflues et les sourcils en buissons enneigés, il a un visage que je trouve aussi rassurant que la vue d'un chaton. Le docteur Bernardin m'apparaît soudainement comme le croisement de Dominique de Villepin et de feu Philippe Séguin. Sa voix est celle d'un fumeur, ses dents aussi. Ce qui me le rend a priori sympathique. Et pourtant, j'en ai peur. Je me dis qu'on pourrait se fumer une cigarette ensemble. Les coins fumeurs sont toujours les plus chaleureux dans les fêtes. Pourquoi pas dans un hôpital. On pourrait s'asseoir sur un banc *et regarder les gens tant qu'y en a* [...] *puis donner à bouffer à des pigeons idiots...*

Je repense à ma coiffe de plumes de pigeon. À ma tentation de fuir la réalité. La réalité du moment, c'était avoir cette conversation à propos de ma mère. Ma mère, une patiente pour le docteur Bernardin de Villepin Séguin. Je reprends pied à peu près au moment où il prononce « étape aussi relationnelle ». J'essaie de raccrocher les wagons, de me concentrer sur ses paroles, d'oublier les coins fumeurs et les plumes de pigeon. Je finis par confesser que je ne comprends pas bien. Le docteur fait vibrer quelques poils nasaux en expirant trop fort, ce que je prends pour une marque d'impatience. Il dit, enfin, il répète : Le risque, au réveil, est qu'elle tombe dans *un* étape aussi relationnelle.

Je sens mon visage virer incarnat. Je me trouve idiote et ça me donne envie de pleurer. Tout me donne envie de pleurer. Penser à ma mère, que l'on me parle de ma mère, que je ne comprenne pas ce qu'on m'explique sur l'état de ma mère, tout. Je ne sais pas comment me sortir de cette impasse.

Je suis sauvée par une infirmière qui l'appelle « professeur ». Une confusion de plus, moi qui depuis le début ne l'appelle pas, même pas « docteur ». C'est idiot d'appeler les gens par leur fonction. Les médecins qu'on appelle « docteur », les notaires et avocats à qui l'on sert du « maître », et les curés, « mon père ». Le professeur Bernardin tourne les talons non sans s'excuser au préalable.

Un étape ? C'était vraiment troublant cette faute de genre. L'écriture inclusive inversée. Je le remercie poliment, avec gratitude, mais il est déjà de dos. Et je reste seule, accompagnée de ma sottise et de la peine qui continue à creuser. Parce que si je n'ai pas compris la fin de la phrase, j'ai bien saisi le début. Et le début commençait avec le mot « risque ».

*

Les larmes sont-elles potables ? Étudiantes, mon amie Cécile et moi, on faisait de la danse africaine avec Charly, un chorégraphe sénégalais. La danse, c'est la joie, disait Charly. Avant les cours, il attachait des bracelets à grelots à ses chevilles. Charly le chat du Cheshire nous souriait. Les grelots des bracelets de cheville tintinnabulaient au rythme de ses pas lents. Puis les percussions fracassaient le silence et les pieds nus commençaient leur transe. Il y avait aussi Éva, une vieille en sarouel et tresses africaines dont on aimait se moquer. Elle faisait des mouvements exagérément pelviens. Elle était notre étalon du lâcher-prise. Elle incarnait la preuve que le ridicule ne tue pas, mais que nous préférions mourir plutôt que d'être Éva. Elle devait avoir l'âge que j'ai aujourd'hui. Éva ne couchait qu'avec des Noirs, enfin, c'est ce qu'on imaginait. Les Blancs ne comprenaient rien à la vie. Les Africains, eux, vivaient en harmonie avec la nature qui les avait bien pourvus, mythe dont Éva voulait bien être pénétrée.

Éva était masseuse holistique. Sa carte de visite déclinait son prénom, *Évanescence Éva-naissance Éva'n'essence*. Elle était militante aussi. Elle nous arrosait régulièrement de flyers caritatifs. On avait imaginé lui proposer de lancer un programme de nutrition à base de mégots pour résoudre la famine dans le monde. Une association deux-en-un : dépolluer les pays industrialisés en nourrissant les pays pauvres. Mange un mégot, mange à ta faim. Le mégot coupe-faim. Si les larmes étaient potables, j'aurais endigué à moi seule le fléau de l'eau au Sénégal la semaine dernière. Il ne reste plus qu'à inventer le récupérateur d'eau de larmes. On en installerait à la sortie des cimetières, des funérariums, des hôpitaux, des maisons de retraite, des bureaux de DRH. Il pourrait y avoir des collectes ambulantes dans des camions postés lors de fermetures d'usines ou à la fin des manifestations-avec-CRS-qui-gazent. Après le don du sang, le don de sperme, le don d'organes, le don de larmes.

*

Enfant, quand on pleurait sans raison apparente, ma mère demandait :

– Dis-moi pourquoi tu pleures.

Je ne disais rien.

Ma mère, agacée :

– Dis-moi pourquoi tu pleures.

Je ne disais toujours rien.

Ma mère, énervée :

– Dis-moi pourquoi tu pleures ou bientôt tu vas savoir pourquoi tu pleures.

*

Ta mère, la Belle au bois dormant ! Qui, dans le conte, n'a pas de fille, puisqu'elle est endormie pour rester vierge. Mais toi, dans quel but es-tu dormante ? Je sais que je te parle sans bouger les lèvres, je suis lâche. Plus d'une semaine que tu es là, je m'habitue forcément. Dans ta voiture, je te parle. Ou je parle à quelqu'un d'autre. C'est mon endroit préféré, ta voiture. Je suis dans un espace-temps qui n'appartient qu'à moi. Parfois, je m'imagine que je suis avec un ex, Adrien, par exemple. Je ne sais pas comment il est arrivé dans ma voiture, mais je ne cherche pas à être crédible. Donc, voilà, il est à côté de moi, on discute de choses et d'autres. Et puis, je finis par lui dire que j'aimerais qu'il m'embrasse. Que j'ai été trop conne de le quitter. Lui aussi, il me dit qu'il ne rêve que de ça, et au feu rouge, on s'embrasse. « Adrien, je me suis laissé influencer par ma mère. Elle disait toujours qu'on ne pouvait pas compter sur toi.

Que tu ne prenais jamais aucune initiative, que tu étais un mou. Et qu'être gentil et drôle, ça ne suffisait pas dans la vie. Je ruais, je faisais ma rebelle en lui disant que moi je n'avais pas besoin de compter sur un mec. En fait, le ver était dans le fruit. »

11 h 11. Faites que ma mère se réveille indemne et que je voie Gaspard. J'ai honte.

*

Nina Berberova réfutait l'image de roc que ses amis lui attribuaient pour lui préférer l'allégorie du fleuve. Elle était un fleuve, parce qu'elle était en mouvement. Tu n'es plus en mouvement. Et pourtant *Fluctuat nec mergitur* aurait pu être ta devise. Ma mère le culbuto. Une vraie mère courage. De celles qui se surpassent, qui se dépassent même. Mais se dépasser, c'est aussi prendre le risque de passer à côté de soi. Ta vie, elle a pas été terrible quand même. Je t'ai un tantinet vengée. Je t'ai vengée, mais je me suis perdue en route. Cette vie que tu n'as pas eue, je l'ai. C'est confortable. C'est le problème. Si j'en bavais, je serais plus heureuse ? Ce serait plus simple à assumer qu'une vie facile ?

Oui, je sais qu'elle m'entend ma maman et que je peux lui parler. Je ne fais que ça lui parler. Je lui ai même parlé de vous, si vous voulez savoir. Je lui ai dit que vous êtes le sosie de la Botero. On se croiserait soi-même dans la rue qu'on ne se reconnaîtrait pas. Tu ne l'as pas vue, mais c'est elle que j'appelle la Botero, maman. Elle est venue vérifier la sonde gastrique dans ton nez, qui débite les nutriments comme moi les inepties. Mais tu ne connais pas Botero. Tu as une sonde gastrique dans le nez et j'entame ton procès. Accusée, levez-vous. Si seulement tu pouvais, il n'y aurait plus de procès. La vie reprendrait son cours. On bavarderait sans jamais aller au fond des choses. Et ce serait bien. Mais tu nous fais ta petite éternité. Elle a été comment ta vie ? Elle m'a semblé petite ta vie. J'ai peur de te ressembler. Je sais que je te dis des horreurs. La Belle au bois dormant, le premier baiser l'a réveillée de sa petite éternité. *Donner un baiser*, n'est-ce pas la plus merveilleuse des phrases ? La vie est mal faite. On n'aura pas parlé de mon père, et si tu pars, je ne sais pas si je t'aurai vraiment connue.

Et toi me connais-tu ? Tu restes à la surface, on reste tous à la surface. Je suis à l'abri. En bonne santé. Je suis dans la case des propriétaires. Je suis Isabelle au mari et aux filles formidables. Je suis une blanquette de veau, un gigot d'agneau. C'est familial, c'est bon, c'est rassurant. Tu me trouves paresseuse. Bordélique aussi. J'abandonne vite. Tu n'as pas tort. Si tu mourais, est-ce qu'Adrien viendrait à ton enterrement ? Si ça se trouve, pour une fois, tu écoutes. Tu ne peux pas m'interrompre, mais je préfère quand tu m'interromps.

*

Cherche prince charmant retraité pour réveiller Belle au bois dormant. Accès facile, pas de forêt de ronces à traverser.

*

L'échappé du bocal au rythme saccadé me demande une cigarette. Il me dévisage, comme les enfants le font, je l'imagine Jésus ou chasseur-cueilleur. Autant le genre à présider la Cène qu'à dessiner des bisons. Il a les yeux ouverts comme des phares. Je suis le lapin. Cet homme, c'est le *tapetum lucidum* dans la forêt la nuit. Sur sa joue droite, un grain de beauté où poussent trois poils bien drus. On dirait un petit pot de fleurs avec trois brins d'acier. J'ai le même, à peu près au même endroit, mais j'épile les poils à mesure qu'ils poussent. Il paraît que ce n'est pas bien de les enlever, ces poils de grain de beauté. J'aimerais parler à ce garçon. Nous pourrions nous asseoir sur un des bancs mis à la disposition des patients valides et de leurs visiteurs. Ou bien je pourrais marcher avec lui, rentrer dans son monde et m'extraire du mien. Ou bien encore je pourrais suivre ses pas et nuancer l'inflexion de mes « Bonjour maman » à ses côtés.

La cigarette dans la main, il remercie à peine, tourne les talons et reprend sa conversation. Je consulte mon téléphone. Encore des messages de courage. Avec des émoticônes cœur rouge ou orange, mains jointes en position de prière, étoiles qui brillent, arc-en-ciel plein d'espoir. On me l'assène ce mot « courage ». Je réponds *merci* et pas *ta gueule*. Je fume une deuxième cigarette et je retourne dans l'unité 33.

*

Le journaliste : Quand vous perdez votre père à l'âge de dix-sept ans, vous décidez de partir seule à Boston. Pourquoi ?

La femme d'affaires et femme politique : Mon père était professeur de littérature anglaise. Je parlais très mal anglais. J'ai dû réaliser une sorte de chemin vers le père.

Je me demande quelle serait ma sorte de chemin vers le père.

*

Les gens adorent le sourire et la discrétion de ceux qui ont traversé des épreuves, mais qui n'en font pas toute une histoire. Mais une belle histoire :

- Un merveilleux malheur ;
- Une occasion de devenir meilleur ;
- Une opportunité de se révéler à soi-même ;
- La maladie s'est invitée. (Ma préférée !)

*

Ma mère se rend toujours au cimetière. Je n'y vais plus depuis bien longtemps. Le cimetière et son glossaire de mots gris, photos délavées, fleurs plastifiées, chrysanthèmes, écritures laides et penchées, céramiques crasseuses. *À notre grand-père, à notre oncle, à notre sœur, à notre ami, nous ne t'oublierons jamais, à notre papa, à mon mari.*

La départementale pour aller dans la petite ville où est enterré mon père est déprimante. On détestait cette route, la raison pour laquelle on la faisait et la destination finale. La pierre tombale portait les dates 16 juin 1944 – 7 septembre 1981. Je crois que je ne comprenais pas bien ce qu'on attendait de moi. Que je prie ? On devait bien se tenir. Nous jouions des coudes mes frères et moi, tous les trois alignés devant la tombe. Il ne fallait pas faire les marioles. Que diraient les gens ? On nous regardait. Une vieille veuve passait. On n'avait pas le droit de s'asseoir. On ne savait pas combien de temps cela allait durer. Je me forçais à ne penser à rien. Je baissais la tête. Mon père devait pleurer dans sa tombe et moi je ne pleurais pas. On pensait aussi à ce qui allait suivre, qui pouvait se résumer à la double peine. Aller chez mes grands-parents. Un pèlerinage mensuel. Cela a duré jusqu'à nos dix-huit ans. Ensuite, ma mère nous a laissé le choix et nous n'y sommes plus allés mes frères et moi. Mon grand-père avait fait un AVC. Il ne pouvait plus parler. Ses grands yeux bleus n'étaient plus sévères du tout. Sa peau était diaphane. Nous entrions dans la pièce et aussitôt il se mettait à pleurer. Il pouvait à peine sécher ses larmes, à cause de l'hémiplégie. On l'embrassait, bien embarrassés. C'était au sens propre une séance de torture, dont je me sentais la tortionnaire. Nous n'avions rien à nous dire. Ma grand-mère portait un tablier. Je crois que je ne l'ai jamais vue sans.

Nous attendions que le temps passe. Nicolas imaginait toujours des jeux. Il fallait que ce soit discret, pour ne pas créer trop de vie. Il inventa le concours de tuage de mouches. Mes grands-parents habitaient la campagne et, des mouches, il y en avait à foison. J'étais moins habile que mes frères. Je perdais toujours. S'il fallait faire encore moins de bruit, alors on jouait juste à attraper une mouche. On devait lui arracher les deux ailes et la laisser vivre, amputée et condamnée à marcher, un peu comme une mouche qui aurait fait un AVC. Une mouche empêchée.

Mes grands-parents n'avaient pas la télévision. Il n'y avait rien à faire et nous n'avions le droit de ne rien faire, même dehors. Parfois, nous allions dire bonjour à une vieille qui habitait en face. Elle portait la moustache et le tablier. Elle avait les cheveux comme de la barbe à papa grise avec des reflets filamenteux roses. Ça sentait le pipi de chat chez elle. Elle nous servait un sirop dans un verre à moutarde. Elle sortait une vieille boîte métallique avec des Bretonnes dessinées dessus. Elle ouvrait la boîte comme une promesse de trésors. Nous jouions l'impatience et l'émerveillement, même si nous savions que le trésor, c'était des Petit Beurre rassis. Nous étions polis, nous ne prenions qu'un biscuit. Mais elle nous encourageait, la vieille, elle s'exclamait : « Prenez, prenez donc ! C'est pas tous les jours que j'ai des petits qui viennent me voir ! » Alors on se resservait et puis, une fois dehors, on balançait les gâteaux dans les buissons. Pour faire passer le temps, on essayait d'attraper les poules en plaçant des graines au centre d'un nœud coulant, posé au sol. Il est arrivé à Guillaume de réussir.

Une fois dans la voiture, on racontait nos petites histoires, les biscuits pas bons, le sirop dégueu, la moustache de la vieille qui piquait, on ne disait rien pour les poules, ni pour les gâteaux dans les buissons. Et ma mère, au volant, riait. Les kilomètres de l'aller pesaient un âne mort quand le retour avait la légèreté du sucre glace. Les retours à la maison avaient aussi le goût de la liberté et de l'affranchissement. On se sentait délestés de la peau d'âne. On faisait la nique aux vieux, à la mort, on écoutait de la mauvaise musique à la radio et l'avenir semblait nous appartenir. On chantait et ma mère était au spectacle. On laissait mon père à sa dernière demeure et nous rentrions à la maison. Chacun chez soi.

Mercredi 18 septembre

Mon réveil a sonné. Je veux encore dormir. Cesare Pavese fait dire à Tina dans *La Bella Estate : dormire era una stupidaggine e rubava tempo all'allegria.* Que dormir était idiot et que c'étaient voler du temps à la gaieté. Mais dormir peut aussi être du temps volé à la peine. Des rais de lumière filtrent à travers les volets en bois ajourés. Enfant, c'étaient les petites filles de Sarah Kay que la lumière éclairait. Enfin un ersatz de Sarah Kay. Dont il reste d'ailleurs un rouleau de tapisserie au grenier. Un personnage cucul romantique, aux joues rondes et bien roses. Elle portait une chemise de nuit à volants et un bonnet sur la tête. Elle avait un petit chat à ses pieds, qui semblait fidèle comme un chien. Elles étaient des centaines identiques, reproduites sur les quatre murs de ma chambre. À cette époque, je dormais dans un lit bateau récupéré chez mes grands-parents qui prenait toute la place. La tapisserie est unie depuis bien longtemps et le lit bateau parti encombrer le grenier.

Je me lève. J'ouvre les volets. Je laisse la fenêtre grande ouverte. Ma mère dit qu'il faut aérer, quelle que soit la température extérieure. Et puis il faut faire son lit. « Il faut » beaucoup de choses.

*

Il fait gris aujourd'hui, j'aime quand il fait gris parce que ça me donne raison.

*

Je repasse mes fringues et je brosse mes cheveux au cas où ma mère se réveillerait, qu'elle n'ait pas l'impression de se retrouver face à l'épouvantail des champs de pommes de terre de son enfance. Que sa première émotion en se réveillant ne soit pas la peur, puis la honte de sa fille.

*

Kiki Baloo et moi nous retrouvons nez à nez devant la porte de la chambre ce matin. J'en profite pour lui demander de m'expliquer cette fameuse *étape aussi relationnelle*. Il me regarde, avec ses yeux doux et d'ours, et épelle *pauci-relationnel*. C'est un état. « Pauci » vient du latin *paucum* et signifie « peu, petit, pauvre ». L'état pauci-relationnel est un état de conscience minimale. La personne n'est alors plus dans le coma, mais en éveil. Elle est consciente, mais ne répond pas aux stimuli externes, d'où l'état de conscience minimale.

Nous entrons. La cérémonie commence. Moi, toujours à la même place, sur ma chaise en skaï rouge. Lui, aux pieds de ma mère, qu'on a mise en position semi-assise, afin d'agrandir au maximum son champ de vision si elle ouvrait les yeux. À nouveau, je regarde les mains du masseur. Je me demande si elles caressent parfois un corps de femme qui ne soit pas un corps malade ou végétatif. Il ne porte pas d'alliance. C'est exactement le genre de conversations que j'aurais eues avec ma mère. Elle m'aurait fait remarquer l'absence d'alliance. Et puis elle aurait précisé : Enfin, je ne me suis pas permise de lui demander s'il avait quelqu'un dans sa vie, il est peut-être en couple, mais pas marié.

Je meurs d'envie de jouer au ventriloque. Kiki Baloo s'adresse à ma mère comme si elle était en état d'échanger avec lui. Je pourrais faire ventriloque avec la voix de ma mère en Tatayet, pour qu'il se sente moins seul.

– Vous savez, si elle pouvait vous voir, elle se demanderait si vous êtes marié, si vous avez des enfants. Elle trouverait que vous êtes très gentil, mais que vous sentez le tabac. Elle penserait que c'est dommage, tout comme cette boucle d'oreille, ça attire l'attention sur vos oreilles qui n'ont vraiment pas besoin de ça.

*

Je pourrais me dire que ma mère se détend dans sa loge. *Le Petit Robert* définit une loge comme une *petite pièce aménagée dans les coulisses d'une salle de spectacle, et où les acteurs changent de costumes, se maquillent et se reposent.* D'une loge à l'autre.

*

L'actrice et chanteuse, fille de : C'est l'histoire de ma vie, des choses qui ont naturellement coulé d'elles-mêmes et se sont présentées à moi. Ça a été pareil pour la chanson.

*

Je colle ma chaise en skaï rouge tout près du lit et je maintiens ma main sur celle de ma mère. Je la caresse même. Je me fais violence. Une maman donne la main à son enfant, mais l'inverse n'est pas si naturel et surtout pas très bon signe. Ce n'est pas dans l'ordre des choses de prendre la main de sa mère à quarante-huit ans. J'essaie de croiser nos mains, mais la sienne, inerte, retombe.

*

Ma mère a fait des ménages et du repassage en plus de son travail, pour nous aider pendant nos études, elle nous a payé le permis de conduire, nous a appris à cuisiner, à tondre la pelouse. Ma mère nous a emmenés en vacances. Ma mère nous a appris à ne pas trop se réjouir parce qu'on ne sait jamais si ça va durer. L'injonction était de réussir à l'école, mais aussi d'être impeccable, irréprochable. Si on avait un accident, que diraient les pompiers ou le médecin ? On aurait bien honte, hein. Coco Chanel aussi disait qu'il fallait toujours avoir la mise parfaite. Mais elle, ça n'était pas pour se préserver de la honte, c'était parce qu'on pouvait à tout moment tomber sur l'homme de notre vie.

Ma mère nous a appris à ne pas être à découvert parce que c'est la honte. Ma mère nous a appris à économiser pour acheter une machine à laver. À payer les factures d'abord et, ensuite, partir en vacances. Ma mère nous a appris à faire le ménage, à coudre, à tricoter, à ne pas nous faire remarquer, à ranger du bois une journée entière, à être courageux. Ma mère nous a appris à n'être orphelin de rien.

*

À un moment, elle a repris ses études. Elle a changé de travail. Ma mère nous a élevés, seule. Je n'ai pas beaucoup d'empathie pour les mères divorcées qui se plaignent d'être seules pour éduquer leurs enfants. Il y a un père, il y a une alternative, il y a une altérité, il y a un deuxième salaire, il y a un partage des responsabilités. Et il y a un contre-pouvoir aussi. Sur les rares photos prises dans notre enfance, mes frères et moi sommes toujours bien habillés et propres. Les bourgeois pouvaient porter des pulls parfois troués ou des cols déformés. Pas nous. Ma mère ne l'aurait jamais toléré. Les gens auraient pensé qu'elle ne s'occupait pas bien de ses enfants. Ma mère a eu tellement honte enfant, de ses vêtements rapiécés, de ses vieux souliers recyclés et de ses origines paysannes, qu'elle nous a préservés de cette humiliation-là.

*

Le journaliste : C'était comment les voyages à l'étranger avec vos parents ?

La philosophe : Ça reste un merveilleux souvenir et cela m'a permis de ne pas être simplement une jeune fille du 16e arrondissement.

Le journaliste : Et pourquoi la philosophie ?

La philosophe : C'est le père Debeaux, enseignant au lycée de Buenos Aires, qui a compris que la philosophie serait une très belle voie pour moi. Il m'a dit : Tu liras Kant, tu seras philosophe.

*

11 h 11. Faites que ma mère ne se réveille pas avant dimanche.

*

Je suis descendue acheter de la presse au petit magasin du rez-de-chaussée. Je ne sais pas qui a eu la bonne idée de l'appeler La Boutique. S'ils ont voulu une enseigne à connotation neutre, c'est réussi. La Boutique, ça dit ce que c'est, pas plus, pas moins. Elle se situe dans le hall d'accueil, à côté des distributeurs de boissons et de confiseries. On y trouve journaux, revues, fleurs, cadeaux, sandwichs, boissons, peluches, jeux à gratter, livres, pâtisseries, etc. Ouvert tous les jours de 7 heures à 19 heures. Ils proposent même un service de livraison en chambre sur simple appel téléphonique.

L'endroit est exigu. Deux personnes se trouvent devant moi et choisissent la formule déjeuner à 7,50 euros. La femme hésite entre le jambon-beurre et le saucisson-beurre. Je porte mon regard sur les cartes de prénoms. *Les Garance sont séduisantes* et ont souvent mention très bien au bac. *Dylan signifie « fils de la mer »*, mais Dylan préférera dire « le fils à sa mère ». *Les Dylan ont toutes les qualités que l'on recherche chez un collègue de travail* et les Dylan ont souvent un bac pro de justesse. La femme choisit l'éclair au chocolat et l'homme la tarte aux pommes. Moi, tout me dégoûte, les sandwichs à la croûte molle et les desserts en chimiothérapie. La boutique pourrait donner des noms de maladies aux pâtisseries : Bonjour madame, je vais prendre un sandwich et un cancer du côlon (ce serait l'éclair au chocolat). Vient mon tour, je paie mon paquet de chips et *Le Monde* que je ne lirai pas, mais je trouve que les revues féminines se marient mal avec une mère dans le coma. Je prends machinalement la carte de visite d'une coiffeuse.

*

Coiff'émoi !

Offrez-vous un moment de détente afin de vous retrouver avec vous-même. Coiffeuse professionnelle, je me déplace

(domicile, maison de retraite, hôpital). Mon objectif : apporter de la détente à chacun de vous.
Coralie

*

Dans l'ascenseur qui me ramène à la chambre, je suis seule et je me regarde dans le miroir. Je ressemble à une vieille de quarante-huit ans en ce moment, *un moi pas en mieux*. Un pauci-moi. Si je vais au Rendez-Vous, je ne peux pas y aller coiffée en Agnès Varda. Je pourrais appeler Coralie. J'en profiterais pour lui proposer un nouveau nom pour sa carte de visite, hyper marketé pour le secteur hospitalier :
Cance'Hair !

*

Elle a souhaité pour mes frères et moi des prénoms neutres et classiques. Afin que l'on n'ait jamais honte de notre prénom, nous. Il est bobo son prénom maintenant, mais pour sa génération, il était très démodé. Avec ce prénom, c'est comme si elle avait été perdante de naissance, ses parents lui ayant jeté un mauvais sort. Elle en souffre toujours d'ailleurs. Elle aurait pu choisir un diminutif et l'imposer petit à petit, mais elle ne se l'est jamais autorisé. Je comprends ma mère, je n'aime pas avoir à dire son prénom moi non plus.

*

Le journaliste : Vous vous appelez André parce que votre père adorait Malraux, comme moi je m'appelle Victor parce que mon père adorait Hugo.

*

Je reçois un message de Faustine, une amie rencontrée lors de notre première expatriation. En plus de porter un prénom qui signifie « heureuse et fortunée », Faustine cultive une philosophie de la vie basée sur l'amélioration de soi. Elle n'a que faire de la sociologie. Donc, mes histoires de classe sociale et tout le bazar, elle les évacue d'un revers de main. « La vie, c'est ce qu'on en fait », dit-elle. Chacun de nous a choisi de naître et chacun de nous a quelque chose à faire dans cette vie-là. On a tous une raison d'être et une mission sur Terre. C'est séduisant. Faustine m'a parlé un jour du courage qu'il fallait pour s'occuper de ses parts blessées. Sous-entendu : les détourner par la fuite de la réalité et l'autodérision n'est pas à proprement parler faire acte de courage. Je suis sensible à sa vision, sans pour autant adhérer à ce processus de développement personnel qui exclut déterminisme et emmerdements en tout genre.

Je n'ai pas raconté à Faustine ce qui est arrivé à ma mère. Pas envie d'un *courage* supplémentaire.

*

La télévision n'a toujours pas mis en scène *Le Jeu des sept familles*. Ça consisterait à reconstituer une famille, en commençant par les couples dans un premier temps, parmi les hommes et les femmes mélangés sur le plateau. La deuxième étape serait de leur associer les bons enfants, mélangés eux aussi sur le plateau. Puis leur chien, leur maison, leurs parents, leurs prénoms, leurs loisirs, leur métier, leur voiture, etc. Ce serait sans fin. L'idéal pour plus de caricature, et donc plus d'audimat, serait d'avoir réuni une famille aristo, une bourgeoise, une petit-bourgeois, des prolos de campagne, des prolos de banlieue, des bobos et, pourquoi pas, des migrants.

Ça s'appellerait *Délit de faciès* ou *L'habit fait le moine* ou *Qui se ressemble s'assemble* ou *Les chiens ne font pas des chats.*

*

Je mange avec appétit. Je regarde ma mère au bois dormant. Qui dort dîne.

*

Le journaliste : Fille de physicien, la cinéaste ne goûte guère l'imprécision. Ce qui lui donne une certaine exigence pour elle et pour son entourage.

Mais alors, fille de concierge, moi, je ne goûterais guère quoi ?

*

C'est étrange de fumer devant un hôpital, c'est limite provocateur, comme venir égorger une vieille dame devant une prison. Mon fou, seul en scène, est là. J'espère qu'il va venir me demander une cigarette. Je regarde les mégots entassés dans le cendrier. On fume des sursis, des absences, des espoirs ou des inquiétudes. *Carpe diem*, mon cul. Et Au Hasard Balthazar enjambe le vide. Il est trop loin pour que je comprenne ce qu'il raconte. Au Hasard Balthazar, c'est ainsi que je l'ai baptisé et ça lui va bien.

Plus loin, Kiki le kiné fume une cigarette avec une jeune femme. Je l'imagine ado, en train de réparer les mobylettes dans le garage de ses parents. Maintenant, il répare les gens, enfin, il essaie de les remettre en état de marche. Il sourit à la jeune femme, moi aussi je souris, en m'imaginant être une 103 SP à retaper.

Je m'avoue que c'est aussi eux que je viens voir tous les matins, Au Hasard Balthazar et Kiki Baloo. Comme pour les mails de Gaspard, j'attends le lendemain que ça recommence. J'attends vendredi aussi. Je me suis décidée, je vais participer au Rendez-Vous et surtout à Notre rendez-vous particulier.

*

Il ne manque que Melchior.

*

On ne sait que rarement ce que l'on représente pour les autres. Un modèle, un repoussoir, une motivation, une inspiration, une oreille, un faire-valoir, un gilet de sauvetage, un fantasme, une occupation, un cul, une bouche. N'en déplaise aux féministes, ça me plairait que Gaspard pense sexe en pensant à moi.

Jeudi 19 septembre

J'ai rêvé que je te mangeais. Tu étais sur une espèce de table que je ne saurais bien définir. Un entre-deux, entre le brancard et la table d'auscultation. En tous les cas, j'étais attablée et je te mangeais. Tu étais à l'intérieur une espèce de meringue molle. Google n'a trouvé aucune occurrence à la recherche *rêver que l'on mange sa mère*. En revanche, j'ai appris que rêver de manger seul signifie la tristesse ; rêver de manger doit être interprété différemment selon la nature de ce qui est mangé. Enfin, il paraît que rêver de manger un chat vivant révèle une agressivité mal contenue.

– Chez Freud, le cannibalisme est vu comme un désir de posséder l'autre ou de l'annihiler, une pulsion du Ça incontrôlée.

Sophie est psychanalyste.

– Enfin bon, posséder ma mère n'a aucun sens. L'annihiler encore moins. Ma mère en ce moment, c'est la définition d'un être annihilé.

– Rêver de manger ta mère, c'est peut-être, de façon symbolique, vouloir t'approprier son énergie vitale.

*

Enfant, quand on perdait quelque chose et qu'on demandait à ma mère si elle ne l'avait pas vu. Elle répondait : Si, regarde, il passe à vélo. Et nous montrait du regard la petite route devant la maison.

La première fois, j'ai regardé à la fenêtre.

*

Finalement, je n'ai pas appelé Coralie de Coiff'émoi. J'ai rendez-vous chez le coiffeur des bourges, comme l'appelle ma mère. J'y vais à l'heure du déjeuner comme si je travaillais. Le type est tatoué, forcément. Il s'appelle Gary. Dès qu'il ouvre la bouche, je le soupçonne de s'appeler plutôt Dylan. Il me propose de m'asseoir dans un fauteuil peau de pêche en l'attendant. Pas de *Voici* ni de *Gala*, je suis déçue. Même pas de catalogues sur lesquels choisir la coiffure que l'on veut. Enfin, plus exactement, choisir la tête du mannequin à qui on veut ressembler. Je vais très peu chez le coiffeur, mais j'ai remarqué que ça se perdait. C'est dommage. Moi, j'aimais bien. Je sors mon téléphone et j'attends qu'il ait terminé avec la cliente permanentée. Puis j'attends qu'il lui refourgue un après-shampoing essentiel pour nourrir son cheveu déshydraté. C'est à moi. Je me lève, mais on manque de se cogner l'un contre l'autre comme il vient s'asseoir sur le fauteuil qui jouxte le mien. Je ne comprends pas très bien l'idée. Je m'excuse.

– Alors ? Je vous écoute.

Je ne savais pas qu'il y avait une consultation avant la coupe.

– Euh, ben je viens pour une coupe…

– Oui… J'imagine. Mais que voulez-vous ? De quoi avez-vous envie ?

Il masque à peine son impatience derrière un sourire crispé. Déjà que je ne sais pas répondre à cette question dans la vie, alors, chez le coiffeur…

– Je trouve mes cheveux trop longs. Je pensais les raccourcir aux épaules. Je voudrais quelque chose de simple.

– Ah mais rassurez-vous, moi, je ne fais rien de compliqué. Mon but n'est pas de faire quelque chose de compliqué. Moi, je veux comprendre votre besoin et répondre à ce besoin. Mais je vous dis tout de suite que si je fais un carré simple, on va se retrouver avec un triangle.

Avec ses mains, il mime le triangle autour de mon visage. Il sourit jaune. On dirait qu'il ne m'aime pas.

– Oui, j'ai les cheveux épais.

– Mais ce n'est pas le problème.

Je suis à deux doigts de prendre ma veste et de fuir, mais il me l'a prise à mon arrivée.

– Moi, je n'entends pas que vous avez envie d'un carré. Voyez ? Et c'est important pour moi de comprendre votre envie. Quelle est l'émotion qui passe par vos cheveux ?

Je reste bouche bée.

– Je vais être honnête avec vous, moi, je donnerais de la couleur. On va pas se mentir : les racines blanches, ça vous donne un air triste. On fait les racines, un balayage, et vous avez dix ans de moins. Mais c'est mon avis personnel.

– D'accord.

Même si je pense qu'on ne parle pas des mêmes racines qui donnent un air triste.

– Parce qu'il faut que ça corresponde à votre envie. Je vous donne mon diagnostic de professionnel, maintenant, faut que ça vienne de vous.

Il se force à sourire, moi aussi.

Il se lève et me précède vers le trône placé devant le miroir de plain-pied. Je m'apprête à m'asseoir, mais il m'ordonne de rester debout. Il redresse mon dos. Il m'observe. Il part et revient avec une cape en plastique noir qu'il me fait enfiler. Je ne ressemble à rien ou à une chauve-souris. J'ai du mal à me regarder en face. Il prend un rasoir et commence à tailler dans la masse de mes cheveux. Et là, je décide de fermer les yeux. Il est trop tard. Je ne peux plus reculer. Je lui obéis, assise enfin. Tourner la tête vers la droite, baisser le menton, lever le menton. Aller au bac, attendre, attendre et faire confiance.

Avant, un coiffeur se disait visagiste quand il voulait gonfler la facture. Gary est Art Director, ça boursoufle la facture de *Gary, salon de coiffure et gestion de style unique*.

Si elle se réveille, ma mère ne va pas comprendre pourquoi Dick Rivers est à son chevet.

*

Chaque rêve vous avertit de quelque chose et vous donne des indications précieuses sur ce dont la journée sera faite. Si par exemple vous avez rêvé d'un monsieur qui a une tête qui coule, une grosse tête qui dégouline le long de sa chemise, eh bien ça, ça ne trompe pas, ça veut dire que vous êtes allé chez le coiffeur.

Roland Topor

*

Ma mère avait déjà été hospitalisée, un truc qui avait mal tourné. Elle n'avait pas voulu que je l'accompagne le matin de l'opération parce que ça me faisait me lever trop tôt. Elle y était allée en taxi, qui était pris en charge, avait-elle précisé. C'était une chance, au même titre que le chirurgien, qui ne pratiquait pas le dépassement d'honoraires. Ma mère est soucieuse de ne pas dépenser trop, de toujours être dans l'économie même quand il s'agit de prendre soin de soi. Pas la clinique, mais l'hôpital. Bref, j'avais insisté, en vain. À l'époque, nous habitions en Suède. J'étais venue pour elle. Elle ne voulait pas me déranger. La peur de déranger est un bon curseur du niveau de l'estime de soi. Mais ma mère avait attendu longtemps, parce que l'opération ne s'était pas déroulée à l'heure prévue. Elle avait donc attendu seule. À mon arrivée, elle était en salle de réveil. Sa chambre était encore vide. Seules ses espadrilles à petites fleurs framboise étaient couchées comme deux chiens fidèles à l'attendre, à même le linoléum grisâtre. Je pleurais de peur. Qu'elle ne se réveille pas, qu'elle se réveille, mais souffre. Et puis elle était arrivée, dans son lit à roulettes, poussée par deux infirmières. J'avais pris sur moi pour faire la fille détendue qui n'avait pas imaginé une seconde que ça pouvait mal se passer. J'avais joué la fille que ma mère imaginait, celle que rien n'affecte vraiment.

*

Je lui transmets les messages. Tout le monde pense bien à elle et espère qu'elle va vite se réveiller, se relever, se remettre, tous ces verbes en -re qui indiquent une action *à nouveau*. Mes amis pensent à elle, ses amis pensent à elle. Ne dit-on pas que l'union fait la force ?

*

Je fais des copier-coller. Il me suffit d'envoyer les deux lignes écrites sur l'état de ma mère les premiers jours. Ainsi, je copie-colle à qui le demande : *Merci de prendre des nouvelles de maman. Elle semble toujours apaisée dans son coma. Elle est très bien prise en charge et je lui rends visite tous les jours. Je t'/vous embrasse bien. Isabelle.*

*

Ma mère a les dents du bonheur. À l'époque des guerres napoléoniennes, l'armée ne recrutait que des soldats aux incisives parfaitement collées. Les mains prises par la tenue du fusil à recharger, c'est avec leurs dents de devant qu'ils ouvraient l'emballage de leur poudrière. Ceux qui avaient les dents de devant écartées étaient jugés inaptes à ouvrir leurs recharges. L'expression « les dents du bonheur » vient de là, de ce bonheur à être réformé. Ma mère a les dents du bonheur, pour ce que ça lui sert.

*

Journal local, pages des avis de décès.

Pensez à accompagner votre avis de décès d'un symbole religieux, d'une photo, d'un cadre en gras.

*

Couloirs, ascenseur, couloirs, sortie. Je croise un homme en béquilles. Des béquilles comme des échasses à l'envers. Mon grand-père maternel nous en avait fabriqué. Mon grand-père, le merveilleux, le glorieux. Revenu de la guerre, il avait trouvé sa jeune épouse dans les bras d'un autre homme. Le couple avait alors divorcé et mon grand-père s'était remarié aux épines d'une Bovary qu'il a adoré toute sa vie. Il est mort à l'hôpital. Dans la famille, les hommes meurent à l'hôpital et les femmes, folles.

*

À la radio, sur la route du retour, Ulysse comme allégorie du migrant. Les intellectuels et les artistes se repaissent de ça. Mais Ulysse, roi d'Ithaque, on est venus le chercher pour faire la guerre et il a tout fait pour ne pas y aller, comme se faire passer pour fou. Il voulait rester chez lui, dans son royaume, tranquillou avec sa femme et son gosse. Et à la fin, il rentre après 17 ans d'absence, vainqueur, retrouver sa femme, son chien et son gosse.

*

Je suis dans la cuisine, qui connut un temps la présence d'un homme, après notre départ à mes frères et moi. Nous étions contents pour ma mère. Mais l'histoire ne dura pas. Je mange seule, comme elle en a l'habitude. Je mange d'un bon appétit. C'est insupportable les filles qui ont l'appétit coupé dès que ça ne va pas. Tout comme je trouve insupportable cette petite horloge qui scande les secondes bruyamment. Ma mère y entend un battement de cœur. Moi, un décompte de vie. Trois cartes postales sont aimantées au grand radiateur vertical. Ma mère adore recevoir des cartes postales.

*

L'été précédant ma rentrée en sixième, nous sommes allés une semaine à la montagne. Je me souviens de ma mère nettoyant de fond en comble la maison avant de partir. D'elle concentrée au volant, et de nous nous agitant à l'arrière de la voiture. C'était l'époque du sans-ceinture. Ma mère menaçait de s'arrêter et de nous laisser sur place. Chacun son tour, selon un comptage minuté, nous avions le droit de prendre la place du passager, en l'occurrence la place du mort au sens propre. Les vacances à la montagne avaient pour avantage de plaire à ma mère et de ne pas coûter trop cher. Marcher, c'est gratuit. Nous avions rapidement fait la connaissance de jeunes de notre âge, au bas de l'immeuble où nous louions un studio. Les nouveaux copains avaient remarqué que nous étions en vacances avec notre mère seulement. La question qui me terrifia et à laquelle je dus m'habituer fut : Tes parents sont divorcés ?

J'aurais préféré, parce qu'un père mort, systématiquement, ça cassait l'ambiance.

*

En tous les cas, mon adolescence fut une période heureuse. J'étais un peu tortue, à la carapace dure, aux téguments épaissis, pour me protéger de la compassion des cons et de la pitié des sensibles. Mais j'ai surtout noué des amitiés fortes et formidables. Une adolescence facile, je n'avais pas à faire le deuil de l'enfance. Je n'ai donc pas redoublé, je ne me suis pas droguée et ne suis pas devenue gothique. Je suis allée dans le collège unique et public de la ville. C'en était fini de l'éducation religieuse. C'en était fini de la pitié. Cette pitié qui ne disait rien et cette prière qui n'avait rien à voir avec le cœur. Au collège, je n'étais plus enfermée dans l'image de la fille qui a perdu son père. Il n'y avait plus l'heure des mamans pour comparer les goûters. Au collège et au lycée, je me suis tournée vers des fréquentations laïques. Je me suis fondue dans la mixité sociale. J'écrivais sur les fiches de renseignements « décédé » à *profession du père*. Ce n'était plus qu'une formalité.

*

Comment fait-on pour bien vivre avec le sentiment que c'est mieux une fois que son père est mort ?

*

Les tables de cuisine sont les coffres-forts des familles.

*

Alors que nous sommes attablées dans sa cuisine, ma grand-mère maternelle me raconte sa rencontre avec mon grand-père, un samedi printanier de 1946 où elle et sa copine Simone étaient allées au bal du village. « À l'époque, tu sais, on marchait beaucoup. Y avait pas tous ces transports de maintenant. Et puis tout le monde n'avait pas une bicyclette, encore moins une automobile. Nous voilà donc parties Simone et moi. Nous nous étions apprêtées. À la fin du bal, on avait bien dansé et on était bien fatiguées. Nous n'avions pas trop envie de rentrer à pied. Et ton grand-père, lui, il avait une belle auto. Alors je l'ai gentiment dragué pour qu'il nous ramène en voiture. »

Mes grands-parents eurent beaucoup d'enfants, dont un fils autiste. Mais à l'époque, ça n'existait pas l'autisme. La honte, oui, qui, en mauvaise nourrice, gardait ces enfants-là enfermés à la maison. Ma grand-mère reconnaissait ses sourires ou bien les inventait tant il était difficile de voir un sourire sur ce visage angoissé. Elle a entouré ce fils d'amour, jusqu'au bout. Tellement que les autres n'en ont pas beaucoup reçu, mon grand-père y compris.

*

La majorité de mes souvenirs avec ma mère sont dans sa cuisine. Je me rappelle la première fois que je suis revenue chez elle avec ma bague de fiançailles, un solitaire qui venait de la famille de Pierre. J'aimais dire à l'époque que j'avais mon Pierre précieux et ma pierre précieuse. Mon côté Sarah Kay sans doute. Ma mère l'avait admirée, puis avait lâché en finissant mon ourlet de pantalon : Tu sais que si vous divorcez, tu dois rendre la bague à Pierre, hein !

Je n'avais pas su quoi répondre à la jurisprudence de rendre la bague. Ma mère et son souci du qu'en-dira-t-on. On ne sait pas ce qui peut arriver. Mais a priori, plutôt le pire. Il faudrait inventer l'émoticône avec une épée de Damoclès retenue par un crin de cheval au-dessus de la tête, pour représenter une partie de mon éducation.

*

Ma mère était aussi espiègle. Un soir, mes frères et moi, nous rechignons à terminer notre assiette, parce que ça n'est vraiment pas bon. Coudes sur la table, têtes baissées et bouches hermétiques. Ma mère tient bon. On supplie. On est d'accord pour aller au lit direct. Tout, plutôt que continuer à manger le contenu de notre assiette. Ma mère annonce : Allez ! Finissez et je vous dirai un secret. Les têtes se relèvent, les yeux réanimés. On se force, on se pince le nez, on fait des simagrées. On essaie de lui soutirer quelques indices entre deux soulèvements d'estomac. Est-ce que le secret, c'est qu'on va avoir un chien ? Ma mère ne lâche rien. Elle nous encourage. Elle rit et répète qu'elle nous dira ce secret, mais à l'unique condition qu'il n'y ait plus rien dans nos assiettes. Nous devions avoir huit, neuf et dix ans. Je suis la dernière à terminer. Ma mère, radieuse, nous regarde et révèle alors : Vous aviez raison, ce n'était vraiment, mais vraiment pas bon !

On a mis du temps à comprendre que c'était ça, le secret.

*

Ma mère nous fit aussi le cadeau de prendre un chien.

*

Le message de Sophie arrive à point.

– T'en es où ?

– À mon héritage.

– Tu parles de ton humour ?

– Aussi, même si, à mon avis, mon humour, c'est pour me protéger de mon héritage. Mais sinon, pour répondre à ta question, je prends le train demain après-midi.

– De toute façon, cette rencontre faisait partie de ton cadeau d'anniversaire, conclut Sophie, avec l'émoticône tête jaune aux pommettes couleur bégonia.

*

Nicolas arrive demain soir. Nous nous verrons dimanche. J'ai mis son 33-tours de Dire Straits. Il frimait à l'époque parce que moi j'écoutais Sophie Marceau et François Valéry chanter en duo « Dreaming Blue », prétendument de la merde. Je ne savais pas alors que *Dire Straits* voulait dire « situation désespérée ». Je prépare mon sac. Rester en jean, une évidence. Je prends mon pull vert fétiche, qui possède les mêmes vertus régressives que le Nutella. Mais avec deux avantages : il ne fait pas grossir et ne dit rien de mon besoin de consolation. J'ai acheté mon pull en Suède, mais il est de marque danoise et fabriqué en Chine. L'étiquette comporte une ordonnance à l'impératif et en lettres capitales :

THINK CLIMATE
WHEN TAKING CARE
OF YOUR GARMENT.

On se moque du monde. Au sens propre comme au figuré. Je n'ai pas un grand souci de l'écologie, à part garder mes vêtements longtemps, même troués – ce que ma mère appelle « mon côté négligé ». J'aimerais me sentir totalement investie, mais c'est comme le jus de citron à jeun tous les matins, je n'y arrive pas.

*

Ma mère aussi est devenue une trans-classe. Mais elle semble en retirer une fierté. Fierté sans doute liée au fait d'avoir fait plus d'efforts que les autres. Et moi, il semble bien que j'en ressens de la gêne. Au bout du compte, aucune de nous n'est libre. Être fière ou avoir honte, ce n'est pas être libre. La véritable liberté, je sais ce que c'est. Je l'ai vue naître chez mes filles.

Vendredi 20 septembre

À l'entrée de l'hôpital, je ralentis en apercevant Au Hasard Balthazar. Il arpente l'allée comme un tracteur enjambeur par-dessus les vignes. Je m'arrête et allume une cigarette une fois postée sur sa trajectoire. Je fais le tapin ni plus ni moins. Je veux que ce soit moi qu'il choisisse. Je garde mon paquet bien en évidence, dans la main droite. Si je savais jongler, je jonglerais avec mes cigarettes. Il est en pleine conversation. Il ne semble pas me voir. Je fume une deuxième cigarette en attendant. Lui, il n'attend pas, il entreprend, il explique comment il faut procéder. Je crois qu'il est encore avec le notaire. Et la même ponctuation finale, VOILÀ. Je m'apprête à capituler quand il s'arrête devant moi, la main dans sa masse de cheveux noirs, presque aussi noirs que les miens depuis hier, et me demande un euro. Tout à ma joie, je fouille dans mon sac et lui tends la pièce. J'en profite pour lui proposer une cigarette.

– Je m'appelle Isabelle, et vous ?

Il saisit la pièce et me regarde, l'œil hagard. Je crois qu'il dit quelque chose comme Stéphane. Il remet la main dans sa tignasse et part, farouchement décidé, en changeant de trajectoire.

C'était utopique de vouloir faire amie-ami. Je m'étais prise pour le Petit Prince qui dit « viens jouer avec moi, je suis tellement triste ». Au Hasard Balthazar n'est pas le renard qui refuse de jouer parce qu'il n'est pas apprivoisé. Il dit non pour refuser d'être apprivoisé. Il veut juste des clopes et des pièces de monnaie pour s'acheter des cafés dégueu au distributeur de boissons chaudes. Je ne suis pas dans son scénario et il n'attend pas de créer des liens. Je repars vexée de cette tentative foireuse et refais le parcours quotidien couloirs ascenseur couloirs, unité 33.

*

Elles sont deux et toutes les deux moyennement aimables. Les Tic et Tac du secrétariat de médecine intensive adulte ne respirent pas la joie de vivre. Elles sont occupées, affairées même. Celle aux cheveux couleur berger allemand particulièrement. Elle regarde d'un œil agressif et de l'autre dépressif. La nuit, elle doit rêver qu'elle mange des chats vivants tant son agressivité est contenue. J'aimerais lui conseiller les chatons, histoire d'adoucir.

– Joëlle, je descends voir Mangin, souhaite-moi bon courage ! dit-elle avant de sortir.

Reste Joëlle donc, qui me fait attendre. La Botero m'a dit que Bernardin souhaitait que je prenne rendez-vous avec lui. Le fait qu'il veuille me voir n'est sans doute pas à interpréter comme de bon augure. J'observe Joëlle et sa soixantaine ménopausée. Elle ne porte pas d'alliance, mais un corsage parsemé de grosses pivoines, comme les tapisseries de mon enfance.

– Ça va être compliqué pour aujourd'hui.

« Ça va être compliqué d'être aimable surtout, non ? » n'est pas une réponse envisageable. Je reste silencieuse.

– Bon, pffff, bah lundi à 11 heures.

– Merci.

À voix haute.

« Connasse. » À voix basse.

*

Mais où est la porte pour accéder, comme dans les films, au toit de l'immeuble sur lequel l'interne avec des allures de Jésus-sex-symbol me retrouve pour fumer un joint et me révéler sa philosophie de vie ?

*

Je danse le pas léger, et la seconde suivante, chaussée de sabots. Ma mère, Gaspard. Gaspard, ma mère. Sens dessus dessous. Je caresse mon alliance, à l'intérieur de laquelle se trouvent gravés Isabelle et Pierre. Ma mère, Gaspard, Pierre. Sens dessus dessous. Je prends la main de ma mère dans la mienne comme pour demander l'absolution. Je regarde mes mains. Elles vieillissent. Des taches apparaissent. Ma grand-mère appelait ça des fleurs de cimetière. J'ai des chrysanthèmes qui fleurissent sur le dos de mes mains.

Je trouve ma mère belle. Je l'ai toujours trouvée belle. Sur la photo de mariage, elle et mon père sont beaux. Ma mère y a son sourire de Joconde et mon père rayonne. Plus tard, ce sera de radiothérapie. Ma mère ne nous disait pas qu'on était beaux. Ça aurait pu nous rendre prétentieux. On a été élevés comme ça, le compliment rare, pour ne pas gonfler l'ego. La confiance en soi n'était pas une considération. Il fallait plutôt en baver pour gagner un peu d'étoffe.

La Botero entre dans la chambre, boudinée dans sa blouse, lorsque je lance sur mon téléphone le jeu que ma mère aime bien regarder. La Botero déplore les giboulées, auxquelles elle rend pourtant grâce, au nom de la nature qui en a bien besoin. Elle l'aime bien elle aussi cet animateur si sympathique. Elle porte une croix à son cou, avec un Jésus dessus, à moitié nu, qui doit, lorsque son amoureux épouse ses rondeurs, participer à l'étreinte. Elles auraient pu être amies, à un petit Jésus près, ma mère et elle. Ma mère n'est pas croyante. Enfin, elle n'est plus croyante, *avec tout ce qui arrive dans le monde*. Mes frères et moi avons été baptisés. Nous avons fait notre première communion pour les cadeaux.

Répondez à la question par SMS et tentez de gagner une superbe croisière dans la vallée du Rhône, spectacle permanent depuis les berges, pare-soleil rétractables. Restauration variée et dégustations culinaires.

Je pourrais jouer pour toi. Tu n'as jamais franchi le pas de t'offrir une croisière. Tes désirs, tu ne les as jamais vraiment écoutés. Et ton éducation t'a appris à les enterrer. En même temps, c'est peut-être en ce moment que tu fais une croisière.

*

Je ne sais plus si ma mère va passer un scanner ou une IRM. Tiens, encore un jeu de mots pour un salon de coiffure, le *scan'hair*.

*

Pour ma mère, le monde est séparé en deux, d'un côté, les gens qui ont de la chance, et de l'autre, ceux qui n'en ont pas. Elle me range du côté des trèfles à quatre feuilles. Faustine pense, elle, que la vie est un boomerang, il faut lui envoyer de bonnes intentions pour qu'elles nous reviennent. Je n'ai toujours pas répondu à Faustine. Je lui aurais bien envoyé un boomerang dans sa face de trèfle à quatre feuilles. Pendant que sa mère à elle fait le trikonasana dans un ashram, la mienne fait le scaphandrier dans l'unité 33.

*

La journaliste : On a tous grandi avec *Pierre et le loup* en CD.

*

Ma mère me chantait cette chanson que j'adorais lorsque j'étais enfant. *Sur le pont du nord* raconte l'histoire d'Adèle qui veut aller *danser au bal donné sur le pont du nord.* Sa mère le lui interdit. Son frère aîné l'y emmène en cachette. *La première danse, Adèle a bien dansé, la deuxième danse, le pied lui a glissé, la troisième danse, le pont s'est écroulé.* Le lendemain, la mère demande pourquoi les cloches du nord ont sonné. *C'est pour Adèle et votre fils aîné.* Cette chanson ne dit ni plus ni moins que désobéir à sa mère, c'est mourir. Et de conclure : *Voilà le sort des enfants obstinés.* Je ne l'ai pas chantée à mes filles.

*

Que diraient les gens s'ils savaient que je vais à Paris avec une mère annihilée dans le coma ? Que dirait ma mère ? Qu'est-ce que je risque moi, à faire mon Adèle ? Je relis Gaspard qui serait heureux de me rencontrer.

*

Qui ne dit mot consent.

*

L'artiste, fille de : Moi, dans la vie, je fais confiance au temps et à la façon dont les choses s'enchaînent. Je n'aime pas trop l'idée de déterminisme. J'accueille les bras ouverts les surprises du hasard.

*

Italie, réunion parents-professeurs. Je passais de salle en salle rencontrer en mode speed dating les enseignants.

C'était notre première année dans ce pays. J'y croise la mère de l'amie de ma cadette, à qui je dis :

– J'en peux plus, les profs n'arrêtent pas de me dire que son comportement en classe est limite, qu'elle est toujours en train de bavarder.

– Pareil pour la mienne ! Mais écoute, qu'est-ce qu'elles se marrent ! Elles me font tellement rire ! Mais vraiment, c'est génial, vraiment, qu'est-ce qu'elles se marrent !

Je me retrouvais un peu conne. Je ne voulais pas que ma fille se marre. Je ne trouvais pas super qu'elles se marrent, moi. Je voulais entendre qu'elle travaillait bien et qu'elle était une élève sage. Et puis, j'ai fini par comprendre que cette mère ne s'inquiétait pas le moins du monde pour les études ou pour l'avenir de sa fille. Elle se réjouissait de sa joie de vivre. J'ai fini par comprendre que ça ne s'arrêterait jamais : j'avais intériorisé l'inquiétude de mes parents sur la réussite scolaire et en général. Je ne portais pas en moi l'assurance d'un avenir confiant pour mes filles. Et, cerise sur le gâteau, je ne mettais pas leur joie et encore moins leur insouciance au premier plan.

*

Bonjour à tous,

Notre rencontre se déroulera comme prévu ce soir de 20 heures à 22 heures.

Ce sera l'occasion de faire connaissance, bien sûr. Mais également de dresser un premier bilan des semaines écoulées et de nous/me/vous poser les questions qui nous/vous/me passeront par la tête. Quelle réjouissante perspective que celle de mettre enfin des visages et des voix sur vos mails.

À vous,

Gaspard

P.-S. : Je vous quitterai à 22 heures, tenu par un autre rendez-vous, mais rien ne vous empêche de continuer la soirée sans moi ;-)

*

Faire feu de tout bois.
Faire peu de tout bois.
Faire vœu de tout bois.

*

J'ai le souvenir de cette bourgeoise qui, après l'AVC de son mari devenu paraplégique, a commencé à sourire à ma mère. Cette femme avait dû réaliser qu'on n'a pas que ce qu'on mérite.

*

- C'est le Bon Dieu qui t'a punie.
- Quand on veut, on peut.
- C'est une épreuve que Dieu t'envoie.
- Ce qui ne tue pas rend plus fort.
- À quelque chose, malheur est bon.
- Il n'y a pas de fumée sans feu.

*

Il est l'heure de partir prendre mon train. Je glisse sous l'oreiller de ma mère mon ange gardien Playmobil en chimio. Je l'avais trouvé un jour de rangement de la chambre des filles, sous une commode, sur le flanc, amputé de sa perruque. Depuis, la figurine d'une dizaine de grammes, le visage rond et presque souriant, reste dans mon sac à main. Je le retrouve parfois avec un bout de papier coincé dans le creux de la tête. Ma mère en a plus besoin que moi en ce moment. Je lui dis que Nicolas arrive demain et que je reviens très vite. Je l'embrasse en laissant mon nez dans le creux de son cou. Je lui chuchote enfin que, si elle finit sa petite éternité, je lui raconterai un secret.

*

– Alors comme ça, les rats quittent le navire ? J'espère que vous allez vous en mordre les couilles ! dit Kiki Baloo en manquant me marcher dessus.

Il pose ses mains sur mes épaules comme pour stabiliser un culbuto et éclate de rire en me faisant des yeux ronds.

– Oh pardon, je suis désolé ! Et j'espère que vous ne l'avez pas pris pour vous, ce n'était pas très élégant. Des amis qui me lâchent, ça arrive… sourit-il.

Je reprends ma respiration et remarque les Airpods greffés dans ses oreilles.

Je le rassure.

Oui, des amis lâcheurs, ça arrive.

Des filles qui lâchent leur mère aussi.

Des filles qui ont peut-être lâché leur père avant ça.

Une fois dehors, il sort son tabac à rouler et propose de m'en rouler une. Je le regarde lécher le papier avant de fermer la cigarette entre ses doigts. Ses mains imposantes sont des catapultes ou des coupe-gorge. Mais la douceur et la souplesse avec laquelle il les anime en font des coupoles. Je les imagine venir épouser la forme de mes seins. Nous quittons l'hôpital, bras dessus, bras dessous. Enfin, presque. Parce que j'ai l'impression d'être escortée par un garde du corps.

– Je voulais vous remercier pour ma maman.

– C'est normal, je suis là pour ça.

– Je ne sais pas comment vous faites.

– Comment je fais quoi ?

Il insiste, ma réponse n'étant pas venue :

– Comment je fais quoi ?

– Votre métier, la maladie, tout ça.

– Ah ça.

Je ne sais pas comment vous faites l'amour ? Je ne sais pas comment vous faites avec vos grandes oreilles ? Oui, ça. Je parlais bien de ça.

– Au fait, je m'appelle Yann.

Yann Kiki Baloo, ça sonne bien.

– Et moi, Isabelle.

Yann me sert de béquille pour quitter l'hôpital. Nous nous disons à lundi, comme des collègues de travail. C'est peut-être avec lui que je pourrais jouer la scène du joint sur le toit.

*

Le TGV pour Paris est annoncé sur le quai B. Un jeune couple qui n'en est pas encore un se fait rire mutuellement. On sent que c'est le début. Ce moment si bon, quand on sait qu'on plaît à l'autre. On les entend parler de leurs souvenirs de voyages respectifs. La Corse pour lui, l'Italie pour elle. La jeune fille replace souvent une mèche de cheveux derrière son oreille droite. Et le vent de rabattre la mèche devant son visage gracieux. Le jeune homme crève d'envie de remettre lui-même les cheveux en place, comme une caresse. Je me demande lequel prend le train, lequel des deux part. Lequel attendra l'autre ? Je me concentre sur ce couple pour détourner mon émotion à marée haute. En cherchant des informations sur le coma, j'ai lu des choses intéressantes sur la conscience. Il y a deux types de conscience. La conscience interne, c'est la conscience de soi, la voix intérieure. La conscience externe est apportée par nos sens. Ces deux types de conscience sont anti-corrélés. Autrement dit, plus on est concentrés sur ce qui se passe autour de nous, plus le réseau externe va être activé et moins le réseau interne le sera. J'avais trouvé cette information fascinante, parce qu'elle explique mon syndrome de la demande de chemin (c'est ma voix intérieure qui prend le dessus sur le réseau externe).

*

Je suis dans un carré. J'aurais préféré un duo côte à côte, comme dit la SNCF. En face de moi, il y a deux femmes bavardes. L'une adore la légèreté. Elle adore l'art, elle adore l'humour. Le genre qui transforme les silences en points d'exclamation. Dans le carré d'à côté, deux enfants trépignent. Marie-qui-louche veut courir dans le couloir. Sa jumelle Louche-qui-marie réclame un épisode de *Peppa Pig*, ce petit cochon joyeux avec sa tête en forme de bite. La mère dit non parce que les écrans trop longtemps, ce n'est pas bon pour les enfants. Elle me regarde en cherchant mon assentiment. Je lui souris lâchement. Je préférerais qu'elle les calme à coups d'écran.

*

J'ai un message de Pierre. Tous les jours, à distance, il prend soin de moi. Je suis une épouse déterritorialisée.

*

Extrait d'un message partagé sur Facebook :

Si vous êtes enfermée dans un coffre d'auto : enfoncez les phares arrière, puis passez votre bras dans l'ouverture et agitez-le frénétiquement. Cela attirera l'attention de tous à l'exception du conducteur. (Ces conseils de sécurité utiles aux femmes en cas d'attaques viennent d'un document de l'école de police de Saint-Cyr. Sans sombrer dans la psychose, partagez sur les réseaux sociaux, on peut avoir à se servir de certains conseils.)

Si vous êtes garée sur un parking : observez les autos stationnées de part et d'autre. Si vous voyez un homme assis seul, surtout s'il est du côté de votre auto, peut-être est-il préférable de retourner à votre bureau ou au centre commercial et de demander l'aide d'un garde ou d'un policier pour vous raccompagner. MIEUX VAUT AGIR AVEC PRUDENCE (Mieux vaut être paranoïaque que mort.)

En tant que femmes, nous essayons toujours d'être gentilles : LAISSEZ LA GENTILLESSE DE CÔTÉ ! Vous risquez d'être violée ou tuée. Ted Bundy, le tueur en série, était un homme beau et bien éduqué.

*

Avis de recherche

Femme, 48 ans, taille moyenne, physique moyen, cheveux Dick Rivers, portée disparue au chevet de sa mère.

*

Le kiné était le tueur en série. Le kiné était le kiki de tous les killers. La Botero témoigne sur la gentillesse du petit, qu'elle n'aurait jamais soupçonné, elle pleure et regrette de ne pas avoir assez parlé. Yann Moix persiffle. Comment peut-on croire qu'un homme ait envie de tuer le corps d'une femme de presque cinquante ans. Ma mère, qui s'est réveillée, dit qu'elle n'a rien pu faire, mais elle se doutait qu'il était louche avec sa boucle d'oreille et son célibat de trentenaire. En plus, il fume. Sophie précise que j'étais une victime facile, pétrie de douleur par le coma de ma mère et de doutes par le coma de mon couple. Faustine invite les gens à accueillir leur peine sur le boomerang de la vie. Ludovine Préboist de la Prostate déplore qu'on n'ait pas eu le temps de se connaître. Pierre, en duplex depuis Taipei, explique qu'à ses yeux j'étais éteinte depuis déjà bien longtemps, endormie ou morte, ça ne fait pas tellement de différence au fond. Au Hasard Balthazar taxe quelques cigarettes aux journalistes. Gaspard regrette de n'avoir pu me rencontrer.

*

Ma conscience interne est à son apogée.

*

Je sors mes magazines, dont l'un fait son titre sur l'infidélité féminine, en ne renonçant pas au jeu de mots *Infid'elle*. J'y apprends que les aventures permettent de se re-narcissiser. C'est ce que défend la sexothérapeute Esther Perel : *On couche ailleurs non par insatisfaction ou par dépit, mais pour se retrouver soi-même, pour embrasser celui ou celle qu'on était avant, qui prenait des risques, qui se délectait des émotions érotiques*. Et plus loin dans l'article, comme un slogan : *Bien faite, l'infidélité est un crime sans victime*.

*

Au lycée, je suis sortie avec les copains de mes frères, un vivier facile et bienveillant. J'ai eu mon bac, passablement. J'ai erré en fac. J'ai fini par obtenir un diplôme universitaire. J'ai eu un poste d'assistante de français dans un lycée en Allemagne, où j'ai couché entre autres avec le prof d'arts plastiques. De retour en France, ma mère m'a mis la pression pour trouver un travail sérieux, la maison n'étant pas un hôtel. Ce fut chose faite, à Paris. Je parlais anglais, je portais des tailleurs, je consultais Reuters et Bloomberg. Cadre dynamique, je prenais le métro pour La Défense et la vie du bon côté.

Je me suis déguisée tous les matins pendant sept ans. Ma mère était fière de moi. J'étais souvent amoureuse. Puis j'ai eu envie de construire. Coup de foudre pour Pierre, rationnel, sportif, sain, gentil, aimant et responsable. Pierre comme élément de la construction. Il portait bien son nom. Quelques années plus tard, je frime avec mes deux enfants, mon amour cadre sup et l'expatriation en Suède, puis en Italie. L'expatriation en Asie, je ne frime plus du tout, une île sismique.

Pierre a des déplacements professionnels et moi des voyages intérieurs. Pierre n'y est pour rien. Il ne peut pas vivre à ma place. J'étais ravie d'arrêter de travailler, de voyager et de m'occuper de mes filles. Je trouvais formidable de prendre le temps avec elles. Un temps de qualité, sans stress. Je voulais prendre le contre-pied de ma mère qui n'en avait jamais et qui était stressée. Elle n'avait pas manqué de me dire qu'il était dangereux d'arrêter de travailler. L'épée de Damoclès était revenue. On ne savait pas de quoi étaient faits les lendemains. Et s'il arrivait quelque chose à Pierre ? Elle enchaînait sur son expérience. Si elle n'avait pas travaillé, que serait-il arrivé ? Comment est-ce que nous nous en serions sortis ? J'avais caché ma peur et dit qu'on verrait bien le moment venu, s'il venait. Pierre contrebalançait : si on a peur de tout, on ne fait rien. Ma mère avait un autre argument contre mon statut de femme au foyer. Pour elle, je n'étais pas le genre à rester à la maison.

Je prends mon alliance et scrute l'inscription. Il me faut des lunettes maintenant pour lire la date du mariage. Ma mère nous envoie chaque année, sans exception, une petite carte d'anniversaire de mariage. Nous avons célébré le coton, le cuir, le froment, la cire, le bois, le chypre, la laine, le coquelicot, la faïence, l'étain. Le corail n'avait pas fait date, pas plus que la soie, le muguet ou la rose. Le dernier anniversaire de mariage de mes parents avait été végétal. Les noces de coquelicot avaient été les dernières fêtées. Ils auraient fêté cette année leurs noces de lavande.

*

Si j'avais l'âme d'une entrepreneuse, je créerais l'application *Slipeurs*. À la frontière des mots *slip*, *sleeper* (dormeur) et *slippers* (pantoufles) en anglais. Le concept : dormir à deux, bien pantouflards, avec son slip. Exactement le négatif de Tinder ; le but étant de trouver un ou une partenaire pour dormir. Pas de cul, juste dormir avec.

Slipeurs, pour donner le goût de vieux couple aux célibataires.

*

Peut-on désirer ce que l'on a ?

*

J'écris à Pierre que je fais une pause parisienne pour me rendre à la rencontre avec l'auteur organisée dans le cadre de l'atelier d'écriture. Je lui dis que je l'embrasse. J'ai le sentiment que je sais mieux aimer Pierre de loin.

*

Je sens discrètement mes aisselles, faisant mine de me frotter le nez contre mon épaule droite puis gauche, comme si j'étais manchote et que je ne pouvais utiliser mes bras. L'odeur est neutre. C'est même un parfum doux et chaleureux au point qu'on pourrait imaginer qu'un poussin s'y niche. Si Sophie était là, elle me dirait que ce poussin représente mon envie d'accueil, mon souci de contribuer et de prendre soin. Je souris à cette idée bienveillante.

C'est donc un poussin sous chaque aile et le sourire pendu à mes lèvres que je pénètre les lieux. Je suis la troisième. Les autres arrivent par vagues. Il y a deux hommes. Aucun ne fait ombrage à Gaspard. L'un trop jeune et l'autre trop vieux. Je le soupçonne d'avoir cherché des photos de nous sur internet. Histoire de donner du corps à nos mots. Dans ce cas, il feint d'ignorer qu'il en a reconnu certains. Il est aguerri à l'exercice. Il accueille chaleureusement. Il arrive devant moi, le sourire grand comme la gueule du loup. Grand-mère, que votre sourire est grand.

– Bonjour. Vous êtes ?

– Bonjour. Isabelle.

– Enchanté Isabelle.

C'est pour mieux te manger mon enfant. Non seulement il sourit, mais il m'embrasse, vraiment, chaleureusement. Je regrette de n'avoir que deux joues. Il laisse un peu sa main sur mon épaule. Je crois que je rougis. Il embrasse les autres aussi, en prenant soin de poser sa main sur les bras, dans un élan de chaleur humaine non équivoque.

De la bouche à l'hostie, la beauté du geste. C'est une attention particulière qui touche toujours. Le contact, ça rassure et ça anesthésie. L'amour, comme les petits pains, se démultiplie. Selon Jean, *aimez-vous les uns les autres*. En hôte élégant, il butine. Annabelle est la partenaire idéale, qui met à l'aise les autres participants, au nombre de douze ; sept absents.

Gaspard sert les breuvages et finit par s'asseoir parmi ses disciples. Il se ravise, il ne se trouve pas idéalement placé, au centre. Le bout de table sera plus commode. Ainsi repositionné, il dit qu'il voit tout le monde et tout le monde le voit. Selon Matthieu, *prenez, mangez, ceci est mon corps.*

Il est venu s'asseoir à côté de moi. Je recule ma chaise. Pour observer ou me protéger. Il est assis les jambes écartées, un panneau plein l'empêchant de les glisser sous la table. Dans cette position inconfortable, il est un paon qui fait la roue. Il porte son uniforme de cérémonie : bottines de suède couleur taupe, jean bleu et chemise ardoise. Les manches retroussées laissent apparaître des bracelets à vœux brésiliens autour du poignet gauche. Si la symbolique des couleurs est la même que pour les fleurs, alors il porte au poignet gauche la joie, la passion et l'espoir. « Bracelet » et « embrasser », ça se ressemble. Les cheveux assez longs pour donner envie d'y passer les mains, les yeux de Kaa qui attisent la confiance et sa gueule christique invitent à la confidence. Il ne porte pas de parfum, il laisse les phéromones faire le travail. Il a le teint hâlé et le grain de sa peau rappelle les plages méditerranéennes. Il ne fait pas son âge. Les participantes de trente ans ont le sentiment qu'il est un contemporain. Depuis plus d'un mois qu'il lit nos textes, la curiosité le piquait de nous rencontrer enfin. Derrière chacun, chacune, un visage, le timbre d'une voix, un corps, une intelligence. Intelligentes et agréables à déshabiller, je m'imagine que c'est ainsi qu'il les aime ou qu'il les consomme.

*

Il y a des choix qui ressemblent à des crimes.

*

Elle écrit pour nourrir sa créativité. L'écriture, pour Annabelle, c'est une approche expérimentale. L'écriture est un médium au même titre que la peinture.

Elle a résidé vingt ans à Londres. Charlotte écrit depuis l'enfance. L'atelier hebdomadaire la force à trouver du temps volé à son métier très chronophage de directrice marketing dans un grand groupe de luxe. L'écriture, elle est tombée dedans quand elle était petite.

Elle écrit des poèmes et des chansons. Parfois, écrire remue beaucoup au point qu'elle en pleure. Ses idées lui viennent sous la douche. Océane écrit en hommage aux écrivains qui lui apportent tant.

Elle écrit dans trois langues, mais son blog est en anglais. Asmaa aimerait vivre tellement de vies, et comme c'est impossible, elle les écrit.

Elle remercie Gaspard pour tout : ses consignes, ses retours, qu'elle attend impatiente et anxieuse, et le rendez-vous d'aujourd'hui. Svetlana a l'impression d'habiter dans sa valise tellement elle voyage et l'écriture est le pays qui lui permet de s'ancrer.

Elle écrit quand son bébé dort, sous le regard de son chat, son seul témoin. À la suite du décès de sa grand-mère, Émilie s'est promis de ne pas passer à côté de son destin parce que tout peut s'arrêter demain.

L'écriture la titille et puis son entourage lui dit qu'elle écrit super bien. Valérie adore écrire, Valérie a besoin de l'écriture au quotidien.

Elle a vécu toute son enfance au Brésil et le retour en France a été violent. L'écriture l'a aidée à surmonter ce moment difficile. Rose veut écrire sur ses émotions, ses conflits intérieurs. L'écriture, c'est comme un microscope.

Elle aime l'idée de se mettre en danger. Anne profite d'une pause forcée dans sa vie professionnelle pour s'aventurer dans un projet de fiction.

Il a suivi la voie familiale en faisant médecine. La médecine le jour et l'écriture la nuit. Antoine dit que, dans la famille, ils sont tous médecins et écrivains.

Il est professeur de français en collège. Il transmet aux élèves son amour des mots. L'atelier, c'est l'occasion d'inverser les rôles et de redevenir élève.

*

Rose parle à une autre d'un livre que l'autre n'a pas lu, en lui disant qu'elle l'envie tellement parce qu'il est merveilleux et qu'elle va avoir la chance de le découvrir.

Je pourrais parler comme ça de mon mari. Pierre, c'est le livre dont je pourrais dire : Han, mais quelle chance tu as de ne pas l'avoir encore lu !

*

Y a pas, ça prêche l'écriture dans le cénacle, entre :
- l'écrithérapeute ;
- l'Obélix de l'écriture ;
- la Miss France région Poitou-Charentes de l'écriture ;

- la maman et l'écrivain ;
- celle que l'écriture a sauvée ;
- la Lara Croft de l'écriture ;
- le Céline de l'écriture ;
- celui qui veut se faire évaluer.

*

Quand vient mon tour de m'exprimer, je m'empourpre. L'atelier est un cadeau. Un peu plus, et je dirais que l'auteur est un cadeau. Je dis aussi que je ne sais pas trop pourquoi j'écris, honnêtement. Je n'écris pas depuis l'enfance. En fait, surtout, j'ai le temps. Je suis la dernière à passer et je vois bien que, si j'avais dit que je m'appelais Judas, ça n'aurait pas été pire.

*

Le Rendez-Vous touche à sa fin. On se reverra, c'était vraiment chouette. C'était une belle rencontre. Certains semblent trouver formidable à quel point Gaspard est accessible. Au point qu'on se tutoie maintenant. La fille au nom d'eau minérale qui ferait mincir s'approche avec des livres qu'elle aimerait lui faire dédicacer.

Gaspard s'exécute, ravi, les jambes toujours écartées sur l'avenir. Il est gaucher. J'ai de la tendresse pour l'écriture des gauchers, qui ressemble à des fourmis enivrées. Mon aînée, enfant, était souvent à la peine, poussant son stylo plume dont elle ramassait involontairement de son poignet gauche l'encre encore fraîche. Je m'approche et annonce que je vais y aller.

*

Le bar à vin a gardé sa devanture d'avant, quand l'endroit était une imprimerie. La pièce principale est très grande. Les murs sont habillés de panneaux de bois. Le sol est resté dans son jus. Un béton craqué par endroits, taché à d'autres. Une espèce de bleu indien à qui l'entrée en résistance est bénéfique. Il s'est joliment patiné avec les années. C'est très réussi. Les tables sont montées sur des pieds métalliques. Les chaises chamarrées, accidentées pour certaines, refont leur vie ici. L'éclairage est doux. Des abat-jour d'un autre temps pendent du plafond brut. On pourrait croire des robes anciennes à fleurs, ou en velours, avec ou sans franges sous des corsets métalliques. C'est très réussi, je l'ai déjà dit, et je suis très mal à l'aise dans ce lieu où Gaspard m'a donné rendez-vous. Je décide de sortir fumer une cigarette sur la terrasse. Il est 22 h 20. Si ma mère me voyait, attablée seule à une terrasse de café un samedi soir, elle en mourrait de honte.

*

22 h 22. Faites que ma mère ne se réveille pas avant mon retour et faites que Gaspard ne soit pas un gros connard.

*

En 1971, on a donné le prénom Isabelle 1 589,27 fois plus que le prénom Gaspard.

En 1971, il faut donc multiplier 1 589,27 fois Gaspard pour arriver au nombre d'Isabelle.

En 1971, 17 482 Isabelle sont nées.

En 1971, 11 Gaspard sont nés.

*

La journaliste : Parlez-moi de vos parents…

La designeuse : C'était un couple de soixante-huitards. Ils nous laissaient libres de faire ce qu'on voulait. Notre maison était atypique. On n'avait pas la télé, on ne mangeait pas aux mêmes heures, pas la même chose… J'ai tout de suite su composer avec la marginalité.

La journaliste : Et comment le viviez-vous ?

La designeuse : Je rêvais de m'appeler Isabelle ou Nathalie et de regarder la télévision dans un pavillon de banlieue.

*

Je trouve à Gaspard l'aisance d'Yves Montand dans *César et Rosalie*. Au moment où je me lève pour me manifester, je le vois tourner la tête dans ma direction. Lente montée de nos sourires, à la croisée de nos regards. À ce moment précis, je m'approche, sans le lâcher des yeux, et pose un baiser sur sa bouche. Mes mains sur ses joues. Sa surprise passée, il m'embrasse dans une longue inspiration. Il sort les mains de ses poches pour les mettre dans mes cheveux, ses paumes sur mes oreilles. L'amour est sourd aussi. Nos lèvres desserrées esquissent ce sourire qui dit à l'autre combien c'était délicieux. Puis nous lâchons notre étreinte, délicatement, et nos yeux se questionnent. Comme une réponse, il m'attire à lui, et me dit : oh Romy, partons à Noirmoutier.

*

Il me rejoint à ma table.

– Pardon pour le retard, je suis désolé, Isabelle, je n'arrivais pas à m'éclipser. Je voulais t'envoyer un message et puis je ne retrouvais pas ton numéro.

Mes poussins me tiennent beaucoup trop chaud. Je transpire comme une ménagère ménopausée. En même temps, si je tombe dans les pommes, il me fera du bouche-à-bouche. J'en profiterai pour le manger peut-être, je mange bien ma mère en rêve.

*

On commande une assiette de tapas. Il me raconte qu'il part en résidence lundi.

– Oh. Tu pars où ?

– Au Cameroun, à Douala.

Envie de dire : « Mets-le. » Parce que, d'une façon absurde, je pense à *mets le doigt là*.

– Tu pars longtemps ?

– Six mois.

Je suis déçue, sans trop comprendre pourquoi.

La tortilla est bienvenue. Le quatrième verre de vin peut-être de trop. Quitte à être ridicule, je commande une verveine.

*

Il me raconte que la verveine était une des herbes les plus sacrées, de l'Antiquité au Moyen Âge. Encore plus sacrée que le gui, la plante des druides. Pour la cueillir, il fallait jeûner, se purifier, être nu ou porter un vêtement sans couture. On devait arriver à reculons et se retourner au dernier moment. Pourquoi ? Parce qu'on cueillait aussi une âme. On pensait que la plante était habitée de nymphes.

*

– Sans indiscrétion, tu es marié ?

– Plus. J'ai une compagne. Mais chacun chez soi.

– Ça fait rêver.

– Il suffit de le vouloir.

Encore un qui pense que quand on veut on peut, pitié. S'il me dit qu'il adore se lever aux aurores et qu'il vit le matin comme une promesse d'une journée formidable, je me casse.

– Tu désires encore ton mari ?

C'est maintenant que j'ai besoin de messages qui diraient *Courage*.

– Tu n'es pas obligée de répondre, mais je ne m'intéresse pas beaucoup aux bavardages. Si tu veux, on peut rester à la surface. Tu connais la théorie des trois cercles concentriques ? Le premier, c'est celui que l'on partage avec les autres, les apparences, le métier, le masque aussi, du coup. Le deuxième, plus petit, correspond à la famille, les amis. Et le troisième, le plus intime, le plus secret, ce que même parfois on ignore de nous-mêmes, c'est celui que je préfère explorer, moi.

Je bois une gorgée de verveine.

– Fais un vœu, tu as un cil sur une joue.

– Pardon ?

– Fais un vœu, tu as un cil sur une joue. Tu ne connais pas cette superstition ? Tu formules un vœu secrètement, puis tu te tapotes une joue au hasard. Ton vœu se réalisera si tu trouves la joue au cil.

– C'est ridicule.

– Pas plus que tes bracelets à vœux brésiliens.

– Pas faux. Tu en connais l'histoire ?

Gaspard ou le Père Castor. Je cherche le feu de cheminée.

– Ce sont des *fitas do Senhor do Bonfim*. Littéralement, ça signifie « rubans du seigneur des belles fins ». On les donnait en retour des offrandes faites par les pratiquants à l'église Nosso Senhor do Bonfim. La légende dit que le ruban faisait la longueur du bras droit de la statue du Christ de cette église : quarante-sept centimètres. Je les ai rapportés de Salvador de Bahia, où ils sont l'équivalent des tours Eiffel à Paris. Une divinité est associée à chaque couleur. Le bleu de la déesse de la mer, le vert du dieu de la nourriture et l'orange de la déesse du vent et du feu.

Les bracelets brésiliens du seigneur des belles fins n'ont donc pas le même code couleur que les fleurs.

– Bon alors, tu le fais ce vœu ?

Gaspard hésite, puis touche sa joue gauche. Gagné.

– Ce que tu veux, il faut le prendre Isabelle.

Un peu décevant, ses formules à l'emporte-pièce. Il commande un dessert. Pas moi.

– Bon, Isabelle, il faut que je te dise les choses. Après tout, c'est le thème de cet atelier d'écriture. (Il sourit exagérément.) Je vais être honnête avec toi.

Tout à coup, on dirait Gary l'Art Director du cheveu de style unique.

– En fait, j'ai souhaité te rencontrer dans le cadre d'un projet sur lequel je travaille avec Victoire, ma compagne. Elle à la photographie et moi aux textes. Il s'agit d'un recueil de portraits de femmes au foyer. Et j'ai pensé à toi pour illustrer celle de cinquante ans.

*

C'était donc ça.

Je rajoute une ligne dans la liste des motivations à animer un atelier d'écriture :

- identifier une muse ménagère à l'origine de sa création littéraire, 1 %.

Ce n'était donc que ça, la fille que l'auteur imaginait.

*

Le meilleur moment, c'est toujours avant.

Samedi 21 septembre

Dans ma chambre d'hôtel, je me réveille avec un rêve que je n'arrive pas à reconstituer. Des bribes viennent et partent. Bientôt, je n'arrive plus à déshabiller le rêve du tout. Mon pied gauche prend la température du parquet. Je dégouline sur le sol. Je tire les rideaux sur la pluie. Je déambule dans la chambre. Mes seins deviennent deux mendiants qui attendent l'imposition des mains. J'ose un tête-à-tête dans le miroir de la salle de bains. J'ai les yeux de Bruce, le carlin de ma voisine Nancy. Je brosse mes dents. Je lisse mes sourcils avec mes doigts. Je m'habille des vêtements de la veille. J'attache mes cheveux en un chignon lâche. Je chope mes escarpins dans une main. De l'autre, je ramasse mon sac couché au sol. L'impression que je ne suis qu'effort pour ressembler à quelqu'un d'aimable. Auguste Renoir disait que nous ne sommes que ça, cette tension, ce travail pour ressembler à un être humain. Ce serait même la définition de l'être humain.

*

Le chauffeur est déjà là. Il ne répond pas à mon sourire. Je prends place à l'arrière du taxi, qui sent le durian. Je lève les yeux au ciel, un geste réflexe qui n'a pas vraiment de sens. Se boucher le nez en aurait. Je fixe par la fenêtre le ciel d'huître. Europe 1 crache les titres du bulletin d'information : une polémique montée en mayonnaise et des joueurs de foot de je ne sais pas quel club qui font je ne sais pas quoi. Je ne suis pas le genre de fille à oser demander qu'il baisse le son.

J'ouvre la fenêtre tout en surveillant la réaction du chauffeur, dont je ne vois que le profil droit. 7 h 10 : Paris est une plage à marée basse. Un paysage de trottinettes échouées. Paris gueule de bois. Terrasses vides. Et puis un caddie devenu maison. Paris gueule du loup. Le chauffeur grogne des syllabes d'ours à l'attention d'un piéton qui traverse hors du passage. Un type tatoué qui vapote. Les grilles des écoles sont fermées. Un chien tient en laisse un homme fatigué. Je ne sens pas l'urine refroidie sur les murs. Le boulevard désert. Priorité à droite, vidéo verbalisation, BNP, cédez-le-passage, *Macron enculé*, McDo, feu orange, Monoprix, feu rouge, Carrefour, *Fin du monde fin du mois même combat. Rater sa vie c'est déjà ça*. Des enseignes, des logos, des panneaux de signalisation et des tags pour tagada tsoin tsoin ou pour ta gueule. Ville tatouée. Je remonte la vitre. Gare de Lyon. Courage, continuons.

*

M'acheter un croissant industriel. La file d'attente me décourage, l'odeur trop chaude et trop beurrée aussi. Une valise grise qui roule. Un sac qui pèse. Ou une banane en bandoulière et des croûtes au coin des yeux. Des cheveux au saut du lit. Personne ne joue la *Lettre à Élise* sur le piano du hall de gare. Merci. Enfin le tableau d'affichage informe. Des pas pressés. L'essaim migre. On se meut. Escale, chef de bord. On change les mots. J'aimais bien le mot « wagon ». Mais on dit « voiture » maintenant. Des miettes de brioche sur la barbe noire d'un voyageur narguent les pigeons aux aguets. À chaque fois qu'on voit un pigeon, ma cadette me demande si j'ai déjà vu un bébé pigeon. Je réponds *non*. Elle dit : Normal, personne n'a jamais vu de bébés pigeons. C'est devenu un jeu. On regarde les pigeons comme le grand complot urbain. Le vent court derrière un mégot. Un homme aux ongles rongés allume une roulée. Entonnoir à l'entrée. Caler son bagage. Trouver sa place.

*

Je voudrais dormir, mais je n'y arrive pas. Les vitres inviolables du train renvoient des reflets flous. Je suis dans le sens de la marche. Je plonge à nouveau le regard dans la procession de champs qui défile. Paris est loin. Je caresse le coton de mon chèche. Je remonte un morceau du tissu jusqu'à ma bouche. Je m'imagine l'enrouler tout entier autour de ma tête et me momifier. Il ne pleut plus. On va vers le beau, comme dit mon voisin à sa femme. Les rayons du soleil illuminent un essaim de poussière dansante et mordorée. Vanessa, qui se dit être notre barista, fait au micro les louanges de formules gourmandes à consommer sur place ou à emporter. Je cède à l'appel d'un café. Arrivée dans la voiture-bar, ma gueule de bois se retrouve nez à nez avec une pomme d'Adam exorbitée.

– Isabelle ?

Je lève les yeux sur la silhouette qui me fait barrage et peine à reconnaître celui qui n'en revient pas de me trouver là.

Je souris. On s'embrasse.

– Je te croyais suédoise !

– Alors non, taïwanaise maintenant.

Je suis beaucoup moins loquace que dans mes monologues en voiture.

– Je suis en France pour ma mère. Elle est dans le coma.

Je regrette aussitôt de créer le malaise.

Nous nous retrouvons devant nos petits gobelets en carton, à échanger sur ce que nous sommes devenus. Lui aussi a fini par se ranger. Il n'est pas devenu illustrateur. Il travaille dans le ferroviaire. D'ailleurs, il rentre d'un salon professionnel à Francfort. Il a un métier, une femme, trois enfants, une maison et un chat. Pour le chat, j'invente, il ne l'a pas dit.

Je balbutie mon discours habituel, expatriée, etc., en crachant un peu dans la soupe pour montrer que je ne suis dupe de rien. Je pense que, si ça se trouve, je serai bientôt ex-mater et ex-mariée aussi, si ma mère et moi on continue nos comas respectifs. Je le regarde et je me demande si, avec lui, le désir se serait aussi étiolé. Bien sûr que oui, parce que rien ne dure. Ses quarante-huit ans lui vont bien. Il est même plus beau qu'avant. Ses lèvres sèches mériteraient l'application d'un baume. Ses sourcils en circonflexe ponctuent chacune de ses phrases.

– Tu désires encore ta femme ?

Il avale de travers et s'étouffe avec son café.

– Mais Isabelle, c'est quoi cette question ? Tu peux pas demander ça à brûle-pourpoint ! dit-il, dans un éclat de rire que je lui reconnais bien.

– Mais Adrien, c'est quoi cette expression « à brûle-pourpoint » ? Figure-toi qu'on peut. On me l'a posée exactement ainsi, pas plus tard qu'hier soir. Non, mais oublie, j'ai une autre question : tu dessines encore ?

– Non. C'était un truc de jeunesse.

– Dommage. Tu avais du talent.

– J'étais un branleur, ouais.

Nous en resterons aux doutes que permet l'humour. Adrien ne veut pas explorer son troisième cercle avec moi et je le comprends. Je m'en fiche de savoir s'il désire toujours sa femme d'ailleurs, j'aimerais juste savoir s'il a envie de m'embrasser et s'il a déjà joué au jeu du *Et si nous étions restés ensemble*. Mais son téléphone sonne et il s'excuse de devoir répondre à l'appel. Je le regarde se mettre en retrait et note mon numéro de téléphone sur un bout de papier que je pose à côté de son gobelet. Il s'arrêtera au terminus, à Besançon. Je retourne à ma place dans la voiture 16, et je me laisse bercer à nouveau par le rythme chaloupé du train à grande vitesse 3028.

*

Il n'y a pas de nouveaux contenus, mais de nouveaux regards, dit Sophie.

*

Pour assurer votre sécurité, la SNCF vous demande d'indiquer vos nom et prénom sur vos désirs et de ne pas les laisser sans surveillance. Des étiquettes sont à votre disposition dans des kiosques accueil SNCF. Merci de nous signaler tout désir qui vous paraîtrait suspect. Merci pour votre vigilance.

*

Pierre et les filles me manquent. Je voudrais qu'on soit tous les quatre dans ce « carré famille ». Je regarde les vidéos enjouées de mes filles, reçues hier soir. Je ne leur dis pas que j'aimerais être à leur place. Avoir leur père. Avoir leur âge et pouvoir recommencer. Avoir leur vie, leurs possibilités. Avoir le choix de refaire des choix. Des premiers baisers à donner. Est-ce le lot de toute mère d'envier la vie de ses filles ? Ma mère nous disait qu'elle aurait aimé avoir la chance de partir en vacances et de porter des vêtements neufs, avoir la chance de faire des études, elle à qui on avait imposé un C.A.P., couture. Autrement dit, un C.A.P. *dépit.*

Est-ce que l'on *élève* ses enfants, au sens propre du terme ? Parce qu'on veut les porter au-dessus de nous ? L'épée de Damoclès suspendue à un crin de cheval. Mais ma mère m'a transmis bien autre chose que la peur du lendemain. Au crin sont suspendus son amour pour nous, ses désirs, ses regrets, ses empêchements. Ni plus ni moins que ce que je suspends au-dessus de la tête de mes filles. Et le même écriteau *Fais mieux que moi* ou *Fais différemment de moi*. Un crédit ou une dette. Je ne suis pas si différente de la fille que ma mère imaginait. Je ne suis pas si différente de ma mère. Je suis comme ma mère.

Lundi 23 septembre

Ne pas me lever, c'est reculer le moment de vérité. À savoir, le sens de mes journées. Mes journées, je n'en fais pas grand-chose. Il en va souvent ainsi, c'est-à-dire qu'il en va, en fin de compte, nulle part. Une journée de deux heures me suffirait bien. On devrait pouvoir choisir. Les journées, en ce moment, me paraissent aussi longues que celles de mon enfance.

*

L'acharnement thérapeutique commence là où cesse l'utilité du traitement. Éviter l'obstination déraisonnable. Le professeur Bernardin est gentil. Il nous demande au préalable si on veut un café ou un verre d'eau. Je préférerais une verveine, habitée de nymphes. Sous son bureau au plateau de verre transparent, je vois son pied gauche battre la mesure. Je résiste à la tentation de suivre son balancier de métronome. Il explique qu'en plus de l'IRM on utilise la méthode du tenseur de diffusion.

L'état des tensions des fibres blanches. Je crois qu'il dit que ce sont les fils électriques qui relient les neurones entre eux. J'imagine une guirlande de Noël. D'ailleurs on ira où à Noël si maman ne se réveille pas ?

Je regarde Nicolas, concentré à mes côtés. « Ça donnera les indications de (…) si réticulée. » Si réticulée ? Nicolas ne semble pas étonné. Sa conscience interne ne vient pas danser la gigue à la moindre intrusion de la réalité crasse. Par ailleurs, je suis déçue, il ne trouve pas que Bernardin soit le sosie de Villepin et Séguin réunis. « Le traumatisme crânien est la lésion primaire qui a provoqué le coma et cause (…) » La question capitale, c'est : est-ce qu'elle pourra émerger de ce trouble de la conscience ou pas ? Prévenir toutes les lésions secondaires qui sont la conséquence de la lésion primaire.

Le professeur est derrière son bureau, ses narines sont trop loin pour que je regarde ses poils vibrer au diapason de sa respiration. J'ai envie de plonger mes mains dans ses cheveux qui ressemblent à des nuages ce matin. Je caresserais bien ses buissons de sourcils. Je m'imagine un dieu à son image. Débranchement du respirateur. Laisser mourir et non faire mourir. La question est : ne sommes-nous pas en train de prolonger la mort ? Ne pourrions-nous pas nous asseoir cinq minutes sur un banc ?

La loi prévoit que les médecins prennent cette décision avec l'accord de la famille. La petite éternité deviendrait la grande. Selon les résultats, on pourrait décider d'arrêter de prolonger la petite éternité de ma maman. Bernardin s'excuse de devoir nous laisser. Son ventre rebondi se lève. Il nous accompagne à la porte. Il nous serre la main. Je n'avais jamais fait attention à ses yeux bleus. On n'a pas fait usage de la boîte de mouchoirs en papier, ultra doux et enrichi en fibres de coton, posée sur son bureau.

*

Le vent chuchote dans les feuilles de l'arbuste voisin dont j'ignore le nom. Il anime le rideau de frange de mes cheveux. Je le laisse faire. Une personne en face pourrait apercevoir mon grain de beauté habituellement caché. Je porte un grain de beauté comme une indienne le *bindi* à la poudre de kumkum. Il n'est pas assez central pour faire un troisième œil. Nicolas et moi bavardons gentiment. Guillaume arrive demain. Il ne partage pas notre choix de ne pas l'avoir prévenu pendant son voyage. C'était sa décision d'écourter son voyage ou non.

Heureusement, la situation est inchangée pour la Belle au bois dormant. Nicolas et moi nous sentons moins coupables. Dorénavant, s'il y a une décision à prendre, les trois petits cochons que nous sommes la prendrons de concert. Je me demande si notre fratrie est faite de paille, de bois et de brique. Pierre et les filles arrivent vendredi, profitant des vacances scolaires. Je suis heureuse. Nous serons tous réunis.

*

Ma mère est la dernière personne qui m'aime inconditionnellement.

*

Au Hasard Balthazar arrive à grands coups d'enjambées. Notre banc est sur son trajet. Je le regarde avancer. Il parle encore d'héritage à quelqu'un qui ne semble pas comprendre ou ne pas entendre, alors Au Hasard Balthazar redit et ratifie d'un VOILÀ. Son interlocuteur est peut-être mort ou dans le coma, lui ne reformule jamais. Il se tient à ses premières sentences. C'est l'arrière-boutique de Montaigne, *toute nôtre, toute franche, en laquelle nous établissons notre vraie liberté et notre principale retraite et solitude.* À bas bruits, je m'y abandonne souvent. Connaît-on jamais les gens, même ceux avec qui l'on vit ? Au Hasard Balthazar s'y est réfugié sans doute définitivement dans son arrière-boutique. La raison ou la réalité nous y font entrer ou nous en font sortir. Savoir opérer des allers-retours sans que personne s'en rende compte est sans doute le secret d'un bon usage de l'arrière-boutique.

*

Mon père chuchote : Qu'as-tu fait de ma mort ?

*

Le chiffre 2 sur fond rouge fait le toréador sur l'icône de ma messagerie. Deux messages reçus. Gaspard et Adrien sont mes matadors.

Gaspard : *Chère Isabelle, on attend toujours ta réponse sur le projet. Suis en partance pour Douala. Bises et bon courage.*
Moi : *Mets-le.*
Gaspard : *?*
Moi : *Mets-le où tu veux !*

Message d'Adrien :
Pense à toi. Heureux hasard de t'avoir rencontrée.
Adrien
P.-S. : T'as toujours un aussi beau cul.

*

Un jour, je suis tombée sur un article qui parlait des pierres pléochroïques. *Propriété qu'offrent certains cristaux d'absorber différemment la lumière et de présenter diverses colorations selon la direction des rayons lumineux qui les frappent.* C'était sidérant, on aurait pu remplacer le mot « cristaux » par « hommes ». Parce que nous aussi, nous sommes des gemmes pléochroïques, dont la teinte varie en fonction de la lumière. C'est l'angle où la lumière croise l'alexandrite qui détermine son potentiel. Nous sommes tous des alexandrites. Nous brillons là où on nous éclaire.

*

Je laisse un message à Pierre pour raconter le rendez-vous avec Bernardin Séguin, etc. Il me rappelle immédiatement. J'allume une cigarette et fais les cent pas pendant notre conversation.

– C'est mieux ainsi, on saura au moins.

Ma mère ou notre relation ?

– Dis-toi qu'elle ne souffre pas.

Ma mère donc.

– Au pire, ce serait une belle fin de vie.

En fait, ça marche pour les deux, ma mère et notre couple.

*

Je suis coincée entre un fantôme et un spectre. Nous le sommes tous.

Mardi 24 septembre

Jusqu'à mes dix ans, nous avons dormi mes frères et moi dans la même chambre. Ensuite, chacun a eu la sienne. Pour ma mère, chez elle, ça restait chez nous. Il était essentiel que chacun garde sa chambre. Guillaume, fragilisé, s'y était réfugié une fois. Son choix m'avait étonnée à l'époque. Je n'avais pas compris. Pendant une semaine, ma mère lui avait fait couper du bois et l'avait « retapé », comme elle avait dit. En fait, il était retourné aux sources, chercher la force et l'énergie. J'ai réalisé tard que notre mère, c'était le refuge ultime. Ce soir, chacun de nous dormira dans sa chambre d'enfant.

*

On n'a jamais été très doués pour célébrer. Comme si fêter un événement c'était risquer de le payer plus tard. Comme si nous allions être attendus au tournant. On se retrouvait rarement pour fêter les anniversaires des uns et des autres. J'avais ma part de responsabilité, c'était principalement moi qui ne voyageais plus pour les festivités.

*

Nous mangeons dans un petit restaurant près des quais. Guillaume est arrivé ce matin. Nous choisissons le plat du jour. Mes frères commandent une bière, j'hésite. J'ai assez bu la veille. Aucun des deux ne fait de blague sur ma couleur de cheveux, signe que la situation est grave. Nicolas rappelle que la hantise de maman, c'était de finir dans un Ehpad. Elle avait très peur de mal vieillir. Elle n'aimait pas les vieux. Elle avait souvent dit qu'elle rêvait de mourir dans son sommeil. C'est vrai, mais je me dis aussi qu'elle avait encore le temps de tomber amoureuse. Guillaume voudrait qu'on attende avant de parler de tout ça, attendre les résultats. Mes frères sont devenus un peu vieux. On est devenus un peu vieux. Je regarde leurs cheveux blancs. On porte des lunettes pour lire. Nos enfants grandissent. Guillaume est devenu père à trente-huit ans. Âge que notre père n'a jamais atteint. Au contraire, Nicolas avait voulu être papa très jeune. Il paraît que lorsque la mère disparaît la fratrie se dissout. La nôtre a dit un jour que ses plus belles années, c'était quand nous étions au collège et qu'on partait en vacances d'été à la montagne. Moi aussi j'ai peur du nid vide.

– Non merci, pas de dessert.

Il y a un mille-feuille maison. Le dessert préféré de ma mère. Il nous arrivait, quand j'étais célibataire, de faire la tournée des pâtisseries de la ville pour acheter nos gâteaux préférés. Toutes les deux, on se préparait une jolie table pour le banquet d'éclairs au café, mille-feuilles, choux à la crème, meringues, barquettes aux marrons et babas au rhum. Après, on était écœurées et on culpabilisait pour notre ligne. Ma mère pouvait être gaie. Heureuse, je ne sais pas. Mais le bonheur n'a rien à voir avec la gaieté.

*

Ma mère était une mamie-poule qui appelait ses petites-filles mes cocottes et ses petits-fils mes petits cocos. Un jour, pensant bien faire, elle avait répondu à celui qui demandait comment c'était quand on était mort : C'est comme quand on dort. Après ça, le petit coco, il avait passé quelques nuits d'insomnies, forcément. Elle nous avait toujours dit qu'elle serait devenue folle s'il était arrivé quelque chose à l'un de ses enfants. Ma mère n'est pas devenue folle. Ma mère dort.

*

On paie chacun notre part. On reprend la voiture de notre mère. Je suis au volant. Guillaume ouvre la boîte à gants, en sort un CD, qu'il insère dans le lecteur. Alain Barrière chante *Tu t'en vas, mais notre amour nous appartient nul ne saurait nous le reprendre, l'éloignement aide parfois à mieux s'aimer mieux se comprendre, tu t'en vas, comme un soleil qui disparaît, j'ai peur du vide de l'absence.* Trois enfants à l'arrière de la Simca 1100, qui se chamaillent sur les frontières imaginaires de la banquette.

Je suis heureuse d'être avec eux. Je voudrais qu'on reste à l'abri de la voiture et qu'on n'arrive jamais. Cette chanson me ramène à la chaleur de mon enfance. Ce n'est ni Bach ni les Beatles, et aujourd'hui je m'en fous. Je n'ai plus honte de Joe Dassin, Mike Brant ou Marie Laforêt. Ces chansons sont, avec mes frères, les gardiens de mon enfance. Ça va aller.

*

En sortant de la voiture, Nicolas commence à chanter « Quand soudain surgit un aigle noir, la la la la la des plumes couleur de la nuit. » À quoi Guillaume répond : « Laisse tomber, je pense plutôt que c'est un hommage à l'outrenoir de Soulages. »

Je touche mes cheveux dont j'avais oublié la couleur. On se pousse du coude dans un rire consolateur. La vanne est revenue.

Mercredi 2 octobre

C'est la fête des anges gardiens aujourd'hui.

Jeudi 3 octobre

Dans le calendrier républicain, c'est le jour de l'immortelle.

Jeudi 10 octobre

Au duty free de Charles-de-Gaulle, une musique de fond menace les voyageurs d'une dépression passagère. Je n'en prends pas ombrage. Je scrute les figurines du rayon jouets. Celles au visage rond en plastique ABS de 7,5 centimètres de haut, pesant environ dix grammes pour pouvoir tenir dans la main des enfants. Les Playmobil avaient été jugés moches et sans intérêt à leur sortie en 1974. À l'époque, les têtes avaient des expressions neutres et identiques, quel que soit le sexe. Maintenant, les dames Playmobil ont des seins et des robes longues, des cils et des perruques sophistiquées.

Je saisis une boîte rose contenant une princesse aux cheveux blonds. Passée la caisse, je déballe le carton, déchire l'emballage plastique, jette le cheval qui ressemble à une licorne et la brosse à cheveux pour peigner son crin. Je ne garde que la princesse à la robe blanche semée de pâquerettes. Elle est jolie. Je lui fais un bisou avec ma bouche démesurée. De sa hauteur, la pauvre, elle doit penser que je suis une ogresse qui veut la manger.

Je la rassure et la glisse dans mon sac à main où elle est attendue. Je pars retrouver Pierre et les filles, avec mes vingt et un grammes de suppléments d'âme.

*

Le nouvel album de Céline Dion s'intitulera *Courage.*

Vendredi 1er novembre

Fin de l'atelier d'écriture. Gaspard a conclu en nous reposant la question de pourquoi écrivons-nous. *Votre réponse est-elle différente de celle du jour de notre rendez-vous ?*

*

Chère peau de taupe, j'écris peut-être bien pour porter lumière à mes parents.

*

L'artiste : Être « une fille de » a été à la fois une chance et un fardeau, car le regard qu'on pose sur vous est toujours biaisé, mais j'essaie d'inscrire ma propre trace et de trouver ma place.

Moi : Pareil !

Sources et références

P. 13 : « Taïwan, une île en voie de disparition diplomatique », AFP, *Le Point*, 2018.

P. 14 : « Pourquoi le Burkina Faso tourne le dos à Taïwan », Sébastien Le Belzic, *Le Monde Afrique*, 2018.

P. 40 : « Tu m'oublieras », Larusso, extrait de l'album *Simplement*, Yves Dessca, Marc Hillman, R. Artoff, EMI, 1998.

P. 43 : « Viande de chien : c'est quoi ce festival Yulin que des militants veulent faire annuler », N.Be., *Le Parisien*, 2019.

P. 45 : Sébastien-Roch Nicolas de Chamfort, *Maximes et pensées*, 1795.

P. 53 : « Miss miss », Benjamin Biolay, extrait de l'album *Palermo Hollywood*, Naïve Records, 2016.

P. 54 : « L'italiano », Toto Cutunio, extrait de l'album *L'italiano*, Cristiano Minellono, 1983.

P. 62 : « On a baptisé les mois de l'année, les jours de la semaine et toujours pas les nuits », Roland Topor, extrait de *Merci Roland Topor*, Salim Jay, Fayard, 2014.

P. 70 : « Est-ce que partir, c'est mourir un peu », « Rondel de l'adieu », extrait de *Seul, roman en vers*, Edmond Haraucourt, 1890.

P. 73 : *Brel parle*, un documentaire de Henry Lemaire. Réalisation : Marc Lobet. 1971.

P. 80 : « Volière », Maurice Carême © Fondation Maurice Carême, tous droits réservés.

P. 89 : *Reality tale Wrong Hands*, de John Atkinson, 2014.

P. 125 : « Ne demande pas ton chemin à qui le connaît, mais à celui qui, comme toi, le cherche. », extrait de *Je bâtis ma demeure, Poèmes 1943-1957*, Edmond Jabès, Gallimard, 1975.

P. 130 : « Mistral Gagnant », extrait de l'album *Mistral Gagnant*, Renaud, Virgin France. 1986.

P. 141 : « *dormire era una stupidaggine e rubava tempo all'allegria* », *Le Bel Été,* Cesare Pavese, trad. Michel Arnaud, Gallimard, 1955.

P. 157 : Citation de Roland Topor extraite du disque *Château Topor*, Rossaert et Ronny van de Velde, 2000.

P. 180 : « On n'est pas des anges : 20 raisons d'être infidèle », Maïa Mazaurette, *GQ*, 2019.

P. 206 : « Toute nôtre, toute franche, en laquelle nous établissons notre vraie liberté et notre principale retraite et solitude… », Montaigne, *Les Essais* I, XXXIX, 1580.

P. 211 : « Tu t'en vas », Alain Barrière, interprétée par Alain Barrière et Noëlle Cordier, *Top Schlager*, IFR, 2006.

P. 212 : « L'Aigle noir », extrait de l'album *L'Aigle noir,* Barbara, Philips, 1970.

Les Avrils, une collection imaginée par
Sandrine Thévenet et Lola Nicolle.

Enthousiasmes littéraires

Conception graphique : Atelier 25.
Composition : Nord Compo.
Correction : Sophie Harinck et Sophie Loubier.

Achevé d'imprimer en France par l'imprimerie Aubin, à Ligugé.
ISBN : 978-2-491521-67-7
N° d'impression : 2102.0239
Dépôt légal : mai 2021